Contes à conter…

Pierre-Jean Duran

Contes à conter…

ou

Petit éloge de la lecture à haute voix

© 2020, Pierre-Jean Duran.

Édition : BoD – Books on Demand
12/14 rond-point des Champs-Élysées, 75008 Paris
Impression : BoD - Books on Demand, Norderstedt,
Allemagne
ISBN : 9782322223121
Dépôt légal : Août 2020

À Léonie

« L'homme qui lit à voix haute nous élève à hauteur du livre. Il donne vraiment à lire ! »
Daniel Pennac
(Comme un roman)

Sommaire

Avant-propos 11

Trois contes d'Occitanie… 17

   Un vieux loup 19

   Grâce à l'âne ou à Sainte-Barbe ? 33

   Renada 45

Un conte de… fée ? 63

   Le coffre à secret 65

Trois contes d'ailleurs… 81

   Une pièce en or 83

   L'esprit-tigre de Wang-Meng 95

   La vraie nature du lycanthrope 109

Un conte parodique d'anticipation 119

   Le petit chapeau rond rouge 121

Avant-propos

Mon grand-père maternel, qui exerça divers métiers – charron, représentant chez Chevrolet mais aussi fermier – décéda jeune et je ne l'ai donc pas connu. Des quelques anecdotes que ma mère me relata à son sujet, a toujours primé celle qui m'a inspiré le message que je voudrais transmettre à travers ce petit recueil.

En effet, toutes les soirées de mon grand-père – père de famille – furent consacrées à la lecture à haute voix. À la veillée, ma mère et sa sœur n'avaient d'autre choix que de l'écouter lire, avec le talent que donne une pratique assidue, la plupart des classiques de la littérature française. Il n'était pas question de souhaiter bonne nuit à leur père sans avoir écouté une fable ou un conte – dans leur plus jeune âge –, plus tard, de larges passages d'un roman – il prenait alors allure d'un feuilleton et tenait en haleine jusqu'au lendemain soir – des poèmes, une pièce de théâtre, un Molière, un Racine… tout et tous y passaient !

Il faut croire que l'effet hypnotique de la lecture s'exerce tout autant en écoutant un bon lecteur que j'appellerai ici « lecteur-conteur ». Celui qui donne le ton juste, étudie, traduit et respecte l'idée de l'auteur, le temps de la ponctuation, de la respiration, rend vivants les dialogues ou suspend le temps dans des silences réfléchis, fascine tout autant ses auditeurs qu'il maîtrise son art. Et les transporte. Chaque voix, chaque timbre, livre une interprétation différente que l'auditeur accueille dans son imaginaire. La relation au texte est tout autre : le lecteur devient créateur et vecteur d'émotions pour son auditoire, aussi limité soit-il.

Croire aussi que la lecture à haute voix imprime tout autant le texte dans nos esprits que si nous le lisions nous-mêmes. C'est ce qu'affirmait ma mère qui s'imprégna tant de cette oralité, sagement imposée, qu'elle lui attribuait son goût pour la littérature et sa propre excellence en orthographe, en grammaire et en rédaction. Que ne fut pas sa fierté de voir un jour publiée, sur le journal local, une rédaction dont la qualité avait impressionné son institutrice. Et si elle n'eut pas la chance de poursuivre des études, elle nous impressionna souvent par sa facilité à tourner les phrases de ses lettres, à relater sans fard mais toujours avec clarté et engouement, les anecdotes et les historiettes de sa correspondance.

Il n'est plus question aujourd'hui d'imposer mais de proposer, et sans doute de convaincre par l'exemple.

À l'ère du livre audio – ou de son nouvel essor, car l'idée n'est pas récente – pourquoi, me direz-vous, tenter de remplacer les belles voix et le talent de nos acteurs ? La réponse saute à l'esprit et surtout du cœur, et pourrait se résumer à une autre question : comment remplacer la relation intime qui se crée entre le lecteur-conteur et son auditoire ?

Cet auditoire, quand bien même serait-il limité à ses seuls enfants – à moins de devenir « conteur-acteur[1] » – interagit avec lui : les regards, les attitudes, les réactions, les questions, sont autant d'échanges précieux qu'un téléchargement numérique ne livrera jamais. À l'inverse, le livre reste un support concret – il n'est pas vain de le répéter –, loin de disparaître tant nous y sommes attachés ; chez le libraire ou le bouquiniste, il se manipule, s'observe, se consulte, se compulse, s'achète, objet tangible et palpable ; il a sa vie, se transmet, se prête, se donne ; la couverture, le froufrou des pages, leur odeur, le marque-page, tout participe à l'intime, à cette relation étrange qui nous lie, et parfois nous attache. C'est aussi ce pouvoir qui est donné au lecteur à haute voix : transmettre, au-delà de l'histoire et par l'exemple, le goût et l'intérêt pour l'objet-livre.

Il faut cependant admettre que l'invasion du numérique dans nos vies connait une progression qui, si elle reste lente, revêt, semble-t-il, un caractère de plus en plus inéluctable. Il est si séduisant et si facile pour les jeunes générations de se laisser porter par des flots d'images, de plus en plus réalistes, de plus en plus accessibles. Mais quelle empreinte laisse cette avalanche intangible d'images et de sons, sans autre matière que des écrans fugaces ? Que devient

---

[1] De nos jours nombreux sont ceux qui tentent, avec un certain succès, de faire revivre cette tradition orale de transmission d'histoires et de savoirs ; elle déclina peu à peu jusqu'au XIXe siècle au fur et à mesure que l'alphabétisation progressait.

le muscle de notre imagination, ferment de notre créativité ?

Alors, d'accord, lisons ! Pour nous-mêmes mais aussi, pourquoi pas ? pour les autres, pour leur donner le goût de lire eux-mêmes et pour que l'imaginaire de chacun fleurisse dès le plus jeune âge. Car une chose est sûre et vérifiée, c'est presque un lieu commun : à la lecture d'une phrase, de la description d'un personnage, d'un paysage, d'une situation, aussi précise soit-elle, aucun de nous ne s'en fait exactement la même idée, la même représentation. C'est cet espace qui est laissé à chacun, cette liberté d'interpréter, de créer notre propre monde, qui est irremplaçable, qu'il faut transmettre et préserver.

Autres questions : pourquoi vouloir susciter l'envie de lire pour les autres à travers des contes ? Et s'agit-il bien de contes ? De fantastique ou de merveilleux ? Débat sans fin, les réponses sont infinies et parfois aussi floues que les limites entre rêve et cauchemar. Peu importe si certains y voient davantage des récits étranges ou des nouvelles merveilleuses : ici, les animaux ne parlent que dans les songes ou dans les transes, agissent pour faire entendre leur voix, dans un semblant de second rôle occupent le tout premier plan ; une créature mythologique est à peine esquissée, suggérée, c'est au lecteur de l'identifier ; une dame discrète dont on apprend très peu de choses devient une fée insoupçonnée, n'en adopte jamais ni la forme ni le comportement, et n'en a pas conscience elle-même ;

un objet devient magique par le jeu de la foi qu'on lui porte ; les rituels agissent et soignent, portés par les croyances d'une communauté ; le loup et la nature, déifiés, réhabilitent le loup-garou – et le loup –, diabolisé par l'homme…

Mais n'oublions pas le vrai mobile et l'essentiel : s'aventurer à lire à haute voix. Le format du conte littéraire, souvent réduit comme ici à quelques pages, permet de soutenir une lecture dynamique et continue, sur le même élan, du début à la fin de l'histoire, tout en captivant un auditoire attentif, dès lors que le temps de lecture est restreint.

Les quelques contes qui vont suivre se veulent variés dans le style – certains volontairement plus proches du langage parlé que de l'écriture académique –, dans les personnages, les situations. J'ai simplement voulu ouvrir, à travers des histoires courtes, quelques horizons ; donner envie de devenir lecteur-conteur, a minima dans l'univers familial.

Pour ceux qui pratiquent déjà l'art du conte oral – les conteurs-acteurs – j'espère offrir une source d'inspiration. Certains sont propices à une interprétation théâtrale. Je serais heureux s'ils adaptaient l'une ou l'autre de ces histoires, s'ils s'en faisaient les interprètes. Je laisse ces textes libres de droits pour cet usage, si toutefois j'en suis informé.[1]

---

[1] lecritoire.mail@gmail.com

Trois contes d'Occitanie[1]...

---

[1] Il ne s'agit pas ici de l'Occitanie administrative d'aujourd'hui, mais d'un bon tiers sud de la France, couvrant les régions depuis la frontière italienne jusqu'à l'océan Atlantique.

Un vieux loup

D'abord un peu de vocabulaire, pas uniquement occitan, pour mieux comprendre. À l'oral, le lecteur – ou le conteur – peut ainsi faire des apartés et traduire. Un accent méridional est bienvenu, si vous ne l'avez pas déjà. Le style d'écriture s'y prête.

Par ordre d'apparition dans le texte :

Estive : pâturage de haute montagne dans les Pyrénées. Peut désigner aussi le séjour dans ces pâturages.
Emmontagner et **Démontagner :** gagner ou quitter l'estive. Une année normale on emmontagne en juin et on démontagne en octobre.
Jasse : bergerie.
Desraubat : dérobé, volé. De desraubar (occitan – prononcer le t final)
Gafet : ici, apprenti (occitan – prononcer le t final)
Bestioulet : nigaud (occitan – prononcer le t final)
Capitalistes : les patrons, propriétaires du cheptel.
Fumade : désigne l'endroit où le troupeau passe la nuit et où ses déjections serviront à faire du fumier.
Draille : chemin de transhumance pour les troupeaux.
Falot : lanterne au bout d'une perche, d'un bâton.

Palis : petit pieu pointu disposé en alignement avec d'autres, afin de former une clôture, une palissade.

Tanqué : tanquer signifie planter. Ici on dirait : planté là.

Mercanti : commerçant, homme d'affaires âpre au gain et malhonnête.

Bou Diu : bon Dieu !

Caner : ici signifie mourir.

Pauvret : pauvre petit ! Le t final se prononce. En général un peu moqueur ou taquin mais aussi employé pour plaindre quelqu'un.

Mouquirous : de l'occitan moquirós, morveux.

Côte : Relief dissymétrique (...) formé d'un côté par un versant à pente forte (...) et de l'autre par un plateau

Macaréou : ou macarel, littéralement maquereau. Marque la surprise.

Un vieux loup

Voilà trois jours maintenant que Pierino retrouve l'estive : l'Esclarmonde. Il emmontagne pour quatre à cinq mois et peut-être davantage ; il pourrait bien démontagner qu'au milieu d'octobre mais tout dépendra du temps à l'équinoxe, s'il est clément. Lui saura dire. Depuis bientôt quinze ans qu'il y vient à l'Esclarmonde, il n'y a que le nom du lieu qui aujourd'hui le dérange : Esclarmonde, c'est aussi le nom de la patronne, donc le maître l'a baptisé ainsi. Le plateau. À moins que ce ne soit l'inverse, à ce moment-là ce serait plutôt le papé qui aurait baptisé sa fille du nom du plateau ? Il ne sait pas trop mais la bergerie, elle, c'est bien depuis le papé, ou même avant le papé, qu'elle existe. Tout ce qu'il sait c'est qu'il aura la paix tout ce temps, parce qu'avec la patronne c'est plutôt la guerre, et il se doute bien pourquoi elle a changé depuis deux ans. Pour quelle raison ce serait, sinon qu'il a refusé ses avances ? et qu'aujourd'hui elle sait qu'il pourrait bien, s'il voulait, la compromettre. Parce qu'il aurait un bon témoin avec Esterèu qui a assisté à la scène, et comme Esterèu en veut à la patronne pour une vieille histoire d'étrennes qui auraient disparu et qu'elle l'a accusé, à lui, Esterèu ! Le bon prétexte, avec le doute qui planait sur le voleur, pour priver d'étrennes tout le monde cette année-là ! C'est vrai qu'il y avait eu des calamités, avec toutes les paillères de la Jasse d'Enguerrand qui avaient flambé. Et la grange avec ! Il ne restait plus que la charpente, noire comme une nuit sans lune, debout mais foutue. Mais ils avaient tous travaillé comme d'habitude, et plus que ça ! Seulement Esterèu avait paradé pendant les fêtes avec un beau costume tout neuf, taillé dans un tissu que même le maître n'aurait jamais osé porter, et ça avait suffi à la patronne pour le soupçonner d'avoir 'desraubat' les enveloppes qu'elle avait préparées !

Ah, ça ! Elle aime bien s'y vautrer dans la grange, Esclarmonde, avec qui veut bien. Dès que le maître mène les bêtes ou part au village, elle s'enflamme.

« Pas étonnant qu'un jour tout brûle » pense Pierino avant d'éclater de rire. Mais il se reprend vite parce que Florenç – qui relaie Cristol, le deuxième gafet – celui qui s'occupe de la deuxième file de traite, s'est retourné et le dévisage, étonné :

– Je fais pas bien ? s'inquiète le jeune garçon
– Mais si, bestioulet, continue ! bientôt tu auras les bras qui faut et je te laisserai toute la traite ! Gafet !

Il fallait trouver une blague pour pouvoir continuer à rire, et Pierino continue de bon cœur en pensant à son trait d'humour sur la patronne. Mais il reprend vite son sérieux en pensant à Elina. Il espère qu'elle pourra monter comme promis. Elina c'est la fille des capitalistes, et c'est en cachette qu'ils se voient depuis un bon moment. Et c'est bien pour ça qu'il se garderait bien de toucher à la mère. Ça ne fait pas deux ans qu'ils se fréquentent, mais ça fait bien plus qu'il en avait envie. Elina est devenue une femme quand lui fêtait sa cinquième année à la jasse. Il venait d'être confirmé par le maître, et quand la gamine a mûri, qu'elle a pris des formes de jeune femme, ils se sont regardés bien pendant deux ans avant qu'il ose. Pierino adore se raconter leur histoire, et tous les détails : il ne s'en lasse jamais, ça lui fait des émotions particulières.

Pourtant ce soir l'inquiétude monte, elle arrive comme un orage au milieu de la fête : le troupeau est parqué dans la fumade et tout semble calme ; Pierino a fait le tour et il est resté un grand moment à fumer sa pipe dans le noir complet ; Néus, le chien de conduite, n'a pas bronché non plus, mais si Pierino est resté bien plus longtemps ce soir, c'est qu'il est à peu près certain d'avoir aperçu un loup en ramenant les bêtes à l'Esclarmonde. Mais un vieux loup. Il croisait comme s'il dévalait des pentes de l'Omenet. S'il venait de là-bas, alors il pense à un vieux loup solitaire. Sinon Julien, qui garde l'autre troupeau dans le vallon de l'Omenet, l'aurait prévenu d'une meute : ils s'allument des feux quand il y a un danger, et de jour ils font fumer de la paille humide. Donc, maintenant qu'il a vidé sa pipe, déjà refroidie, il peut aller dormir tranquille et rêver d'Elina en train de passer la draille pour le rejoindre. Elle doit monter avec un troisième garçon – encore un gafet – les ânes et du ravitaillement.

Mais les rêves ne se contrôlent pas. Ce que Pierino a rêvé l'a réveillé vers les trois heures et il n'a pas pu se rendormir. Pour une heure ce n'était pas bien grave, surtout qu'il a eu matière à penser, oui !

Dans son rêve le vieux loup arrivait bien de l'Omenet ; il se confirme que c'était un vieux loup avec la pelade sur un flanc, et le pelage restant plus terne que de la corde. Lui fumait sa pipe, comme tous les soirs, et voilà pas que cette bête arrive sans hésiter davantage que Ida, la chienne de cour de la jasse, avec les mêmes mimiques ? C'est vrai que dans les rêves on mélange tout… Et le loup s'assoit, bâille un bon coup et se met à lui parler avec un flegme incroyable :

« Vois comme je suis vieux et malingre. Toi tu as près de deux cents bêtes, et ce n'est pas le seul troupeau de tes capitalistes… Quelle importance s'il te manque une brebis et que tu permettes à un vieux loup comme moi de faire un dernier festin ? »

Pierino s'est réveillé assis sur son lit : dans son rêve il mordait sa pipe à en briser la lentille[1] et se levait avec son bâton pour faire fuir la bête !

Dans la demi-heure suivante, il réfléchit : « On rêve pas d'un loup comme ça, sans raison ! C'est un signal, un signe, ça me dit quelque chose, ça me prévient… Si ce rêve me parle c'est que ce loup veut me prendre une brebis… Ce serait que la palissade de la fumade a une faiblesse ? … Faut que je vérifie tout ! »

La journée a passé et Pierino vient de parquer le troupeau. Il est déjà neuf heures mais il est temps de refaire le tour et de tout bien examiner. Il prend deux falots et avance à pas lents, les deux mains prises par les bâtons ; il approche ainsi les falots tout près des

---

[1] Extrémité renflée du tuyau de pipe que l'on tient à la bouche.

palis et peut prendre le recul nécessaire pour déceler la moindre brèche, le moindre défaut ; au premier doute, il éloigne les lanternes, s'approche et donne un coup d'épaule dans la palissade. Ce n'est qu'en terminant côté sud qu'il remarque que le fil de fer qui enserre chaque palis pour les assembler, bien serrés entre eux, est rongé par la rouille à de nombreux endroits. L'exposition aux vents humides et les nuages qui bloquent sur l'Esclarmonde en sont la cause. Les années aussi, bien sûr ! Il trouve même quelques fils tellement rongés qu'ils se briseraient sans mal d'un coup de dent ; aux mêmes endroits, les palis, déjà bien entamés par la pourriture et les champignons, ne résisteraient pas davantage. Il comprend que son rêve était fait pour l'avertir et il pense en lui-même :

« C'était un rêve pré-mo-ni-toire – il articule dans sa tête, il aime bien ce genre de mots qui sonnent long – enfin je sais pas si c'est le mot de ce rêve, ou alors le bon Dieu ... Bref, c'était pour m'avertir ! Merci Seigneur ! Je vais réparer ça... » Il va voir illico sous l'appentis, derrière la cabane. C'est bon ! il y a une petite quarantaine de palis et sous la bâche un bric-à-brac avec deux rouleaux de fil de fer : « Je remplace ce soir même les plus abîmés ! ». Il retourne sur la palissade, plante les deux falots au sol près de l'ouvrage et, un quart d'heure plus tard il est à pied d'œuvre.

Mais bien vite il est près de minuit, et Pierino doit aller dormir. Ce n'est que le début de l'estive et comme le travail ne manque pas, il faut quand même un minimum de repos. Pour les palis c'est loin d'être terminé, mais il a tanqué deux vieilles portes, assez lourdes, devant les points faibles qui restent à réparer.

Personne ne le croira s'il raconte cette histoire : déjà ce premier rêve hier, et ce matin, le second, il s'en souvient comme d'une réalité vraie ! Le loup est revenu, et comme un mercanti, il lui sort :

« Je comprends bien que tu manges un peu de viande toi aussi... Écoute : le mouton – il s'approche et continue à voix basse – on se le partage ! C'est vrai que je suis vieux, un demi-mouton me suffira amplement ! »

Passablement énervé toute la journée, Pierino se calme en se répétant qu'il ne pouvait pas tout faire le même soir : « Même le bon Dieu l'a compris et c'est un rappel qu'il me fait dans mon sommeil parce que je suis trop pris dans la journée. C'est vrai que le travail n'était fait qu'à moitié, mais ce serait pire si j'avais pas fait ce rêve ! Merci Seigneur ! »

Mais cette fois, en retournant à la cabane, fin d'après-midi, il n'a pas rêvé : il l'a vu ce loup, presque au même endroit que la première fois ; un vieux loup, plutôt décharné, c'est sûr ! rien qu'à voir son allure la pitié pourrait naître, même chez un chasseur. « Mais je ne suis pas là pour nourrir les loups, même un vieux loup au seuil de la mort ! Croix de bois, croix de fer... » Et il jure de terminer le travail le soir, quitte à pas se coucher.

Ah, ça ! Il a travaillé, Pierino ! Des palis pourris aux fils rouillés, il en a compté quatorze ! Il est minuit passé quand il va dormir, la conscience tranquille… enfin, presque ! Comment être sûr ? En plus des journées, épuisantes au début de l'estive, il faut travailler le soir à la lanterne ! Mais tout semble en ordre, il refera un petit tour de bonne heure, demain, dès les premiers rayons. Et il s'endort comme un bébé.

Au réveil, il est quatre heures. Pour être honnête, il ne sait pas dire si le rêve il se l'invente ou s'il l'a vraiment rêvé. Il pense qu'il se l'invente, c'est trop flou dans sa tête… « Le loup qui vient te voir une troisième fois et qui te marchande encore ? Pour un gigot cette fois ? Tu es fatigué, Pierino, tu as trop veillé ! Un loup ne rentre pas dans la fumade, un renard non plus, et pas même une souris passerait… » Et il avale le café fumant avec un morceau de fromage. Sans pain. Le pain le matin ça lui charge trop l'estomac. Par contre il n'oublie rien pour la journée, ni le pain, ni le vin ; c'est un des moments qu'il préfère, de préparer le sac. Surtout quand il sait que le sac revient vide chaque soir. Le voilà donc qui sort, la pipe éteinte au bec, et il la gardera là, bien calée jusqu'au soir.

Mais ce matin, il croit la faire tomber la pipe ! Il a juste le temps d'enlever la chaîne qui verrouille le portail de la fumade, que Florenç et Cristol arrivent en courant, affolés :

– Y a un loup mort de l'autre côté ! Un loup mort ! chez nous !

– Où ça, où ça ? Qu'est-ce que vous me dites ? – il les bouscule un peu et part devant eux en courant presque, à grande enjambées.
– De notre côté, il est ! – les jeunes dorment dans le dortoir de l'autre côté de la cabane, et il faut contourner la fumade qui est dans le prolongement.

Quand Pierino arrive, il s'exclame :
– Bou Diu ! Il est venu caner ici ?
Et quand il le regarde bien, c'est le loup de ses rêves – si on peut dire –, avec une pelade sur le flanc. Et ça ne peut être que celui qu'il a aperçu par deux fois, qui venait de l'Omenet. Pour vérifier qu'il est bien mort, par acquis de conscience, il lui donne un léger coup sur la croupe, du bout de son bâton, puis un plus sévère sur les côtes « C'est vrai qu'on les voit bien ses côtes, pauvret... » se dit Pierino avec un brin de remords.
– Allez me chercher des sacs de jute, il y en a sous l'appentis, avec deux ça suffira bien... et le rouleau de cordeau !
Quand les deux reviennent, c'est Florenç qui demande :
– Tu vas l'enterrer ?
– Non quand même pas, déjà que je lui fais un linceul ! On va le balancer dans un ravin et la nature fera le reste. Tu verras tourner les vautours, t'inquiète. Mais j'ai pas envie de le porter tout nu, ça me ferait drôle...

Pour saisir le paquet, il fait deux tortillons de cordeau et une boucle à chaque bout :

— Allez, c'est le moment de montrer vos bras, mouquirous, attrapez-moi ça et suivez-moi !

Et il continue dans sa tête « Non mais qui me croirait ? Heureusement que les jeunes sont là pour raconter pareil ! »

Ils ont marché d'un pas vif dans une direction jusqu'ici jamais empruntée que par Pierino : une longue pente douce vous amène vers le bord du plateau où une côte assez abrupte chute dans la vallée. Plus bas, tellement plus bas, au bout d'un vide qui vous attire, la pente s'adoucit nettement et marque la limite de garrigues hautes qui descendent jusqu'à la plaine. Avec la hauteur, à cette heure et le ciel encore pâle, elles font un tapis d'un vert si sombre qu'aucun relief ne peut se discerner. Un lac.

À un mètre du bord, Florenç et Cristol ont fait balancer trois fois le paquet en chantant les chiffres sur chaque ballant : « …à la trois ! » et l'ont lâché. Seul Pierino l'a regardé s'envoler puis s'est penché pour le voir chuter : « Fin des rêves, bon débarras ! ». Les deux autres n'ont pas voulu voir. Ils rentrent déjà.

Mais la suite est bien plus étonnante que les rêves de Pierino :

Ce n'est qu'en se retournant que Pierino remarque que Néus l'attend, assis, la langue pendante.

— Bon chien ! lance-t-il, allez, au boulot ! assez de temps perdu…

Et il remonte, d'un pas tout aussi hardi, la pente jusqu'à l'estive.

Bien avant d'apercevoir la fumade, Néus part comme une flèche et, quelques instants après, Pierino entend crier les jeunes en même temps que les grelots et les bêlements des brebis, comme si le troupeau était déjà en branle. « Les mouquirous ! Ils m'auraient pas attendu ? Impossible… » et il termine la distance en courant. Mais, contournant la fumade, il se souvient et comprend : « Je n'ai pas remis la chaîne, macaréou ! le troupeau est sorti ! »

Quand il arrive côté portail, Néus est en train de rabattre une quarantaine de bêtes et les jeunes lancent des « Allez ! » appuyés. Pierino pense sa coulpe : « C'est bien ma faute ! De quoi j'ai l'air… »

À trois gaillards, et surtout grâce à Néus, les brebis sont vite rentrées. Pour les ressortir, certes, « Mais pas sûr qu'elles y soient toutes… » et Pierino se met à les compter. Trois fois. « Aucun doute il en manque trois ! »

Alors Pierino part comme un fou sur le chemin, le seul que le troupeau emprunte chaque jour au sortir de la fumade. À deux cents mètres, il trouve la première : la pauvre bête est égorgée, affreusement mutilée. Il lui manque la patte arrière gauche : le gigot ! Dévoré ! Bien plus loin, la scène est pire : la bête est mangée, presque à moitié ! Il ne retrouvera jamais la troisième, dévorée entière. Quand il s'en retourne et lève la tête, il aperçoit une fumée blanche qui vient de l'Omenet. Julien l'avertit d'un danger, mais trop tard.

❧

Pendant deux mois toutes les nuits avant de dormir, et souvent le jour, Pierino s'est posé des questions sur ces étranges rêves « qui deviennent vrais ». Au bout de deux mois, Elina, qui monte les ravitailler tous les quinze jours, lui a apporté un livre sur les chamanes, ces espèces de sorciers qui communiquent avec les esprits de la nature. Il n'y a pas trop cru, mais depuis ce temps Pierino a toujours fait très attention à ses rêves, et même à ses pensées.

De retour à la jasse il a bien fallu raconter en détail ce qui s'était passé. Les capitalistes étaient bien sûr au courant, mais ils voulaient des explications. C'est le papé qui a pris sa défense et quand Pierino a fini de se justifier, le vieil homme l'a attrapé et lui a dit :

« Quand j'étais jeune, les anciens m'avaient appris une chose sur les loups : ils ne sont pas comme nous, à laisser les vieux derrière… Quand une meute se déplace, les vieux loups marchent devant et toute la meute prend leur allure ! Ton histoire c'est celle-là… »

Pierino a remercié, et alors qu'il tournait déjà les talons, le papé l'a retenu par le coude, avec le pommeau de sa canne :

« Et dis-toi bien que la nature reprend toujours ce que tu lui refuses. Maintenant, va ! »

Grâce à l'âne ou à Sainte-Barbe ?

Pour commencer, encore un peu de vocabulaire occitan – mais pas que – pour mieux comprendre.

Par ordre d'apparition dans le texte :

Poutoun : un petit baiser, un baiser.
Croustet : un croûton de pain, mais aussi un casse-croûte.
Chicouloun : un doigt (d'une boisson).
Goulade : une gorgée.
Proundièro : la sieste (le o final ne se prononce pratiquement pas).
Dégun : quelqu'un, une personne.
Scourtin : c'est un genre de panier en forme de couronne, tressé, très plat, que l'on garni de pâte d'olive, sortie du bassin de trituration. Il comporte donc un trou central traversant qui permet d'en enfiler une quantité variable sur 'l'aiguille' et de mettre l'ensemble sous presse pour en extraire l'huile. Elle s'échappera par les interstices du tressage.
Fan de chichourle : expression de surprise, d'étonnement ou d'agacement selon les cas (émotion vive) que l'on peut traduire par « Sapristi ! » ; ou « pétard » ; « ça alors » … La chichourle désigne la

jujube, le fruit du jujubier. Dans cette expression au sens figuré, le mot désigne les testicules.

Escagasser : fracasser, briser…

Coucarin : embrouille.

Avoir les fonfonis : avoir le sang qui monte, un coup de sang…

Mulassière : jument qu'on accouple à un âne reproducteur pour procréer un mulet ou une mule (stériles tous les deux).

Fatchedeu : « sapristi ! » ; « hé ben pétard ! »

Sietoun : petite coupelle dans laquelle on dispose le coton et les grains de blé à germer dans la tradition provençale de la Sainte-Barbe. Au nombre de trois, ils représentent la Trinité.

Marque-mal : homme de mauvaise allure, suspect…

Charrette : personne bavarde.

Tcharer : bavarder, discuter, parfois avec un sens péjoratif.

Boudu : bon Dieu !

Un dròlle de tres an : un enfant de trois ans.

Faire macari : faire chou-blanc, ne rien trouver.

Noundidiou : nom de Dieu !

Caraco : gitan (prononcer karak')

Grâce à l'âne ou à Sainte-Barbe ?

Cette histoire peu commune se passe sur le plateau de Valensole, en Haute-Provence. Là-bas, certaines cultures dominent, favorisées bien sûr par le climat : la lavande, les amandiers, les céréales et… les oliviers. À l'époque de cette histoire, les huileries et les distilleries de lavande étaient toutes artisanales, guère plus que deux ou trois étaient mécanisées ; le tourisme et le commerce n'étaient pas développés comme maintenant, mais si le voyageur traversait le plateau, il ne pouvait pas ne pas remarquer dès le début de l'hiver la récolte des olives, ou dans le plein été celle de la lavande. Entretemps, les senteurs, le vent, le soleil et tous les paysages de la région, aujourd'hui si prisée, profitaient surtout aux autochtones.

Pas bien loin de Valensole, dans la direction de Manosque, vous auriez remarqué le moulin de Gamelin Bareste, jeune maître huilier, et en poussant la porte vous l'auriez peut-être surpris en train de déverser, dans le bassin en pierres lisses maçonnées, des paniers et des paniers d'aglandaus – les fameuses olives à huile de la région –, récoltées de la veille ; ou sur le point d'atteler l'âne Grisou qui tournerait près de quatre heures autour du bassin pour entraîner la grosse meule en marbre sombre colombina : elle écrase et triture tout ce temps les olives pour former la pâte que Gamelin presse ensuite pour obtenir la fameuse huile au parfum d'herbe fraîche, de menthe et d'artichaut cru ou, parfois, d'amande et d'oseille.

Mais dans l'après-midi vous auriez aussi bien pu le trouver en train d'atteler Gabin, son deuxième âne. Parce que Gamelin Bareste est un amoureux des ânes, et il n'a jamais été question qu'un seul fasse les journées entières. Il n'est pas encore bien riche mais quand il a décidé de s'installer, il l'était encore moins ; pourtant il n'a pas hésité une seconde : il y en aurait un pour le matin et l'autre pour l'après-midi.

Quand il apprenait le métier chez son maître à lui, Aurélien Panisson, il n'y avait pas qu'un bassin, il y en avait quatre, et les mêmes bêtes tournaient à longueur de journée. Et ça, il ne le supportait pas. Sur cinq années passées chez lui, il en a vu partir trois : dès qu'un signe de faiblesse apparaissait, le patron en changeait. Et lui qui s'attachait aux bêtes, mettait des jours à s'en remettre. Bien sûr qu'ils ne tournaient pas à longueur d'année, mais le maître ne les économisait pas pour autant : le reste du temps ils le passaient bâtés, et pas qu'un peu ! Il en a vu trébucher sous la charge…

Les siens se ressemblent comme deux jumeaux : deux ânes gris de Provence, avec la croix de Saint-André sur le garrot. Des vrais de vrais. Deux mâles robustes, oui, parce qu'il n'était pas question qu'une femelle engrossée travaille, et pas davantage que le mâle fasse toute la journée. Ça non ! Mais ses deux ânes se ressemblent tellement, que pour pas risquer de les confondre, chacun a son enclos bien à lui –

c'est aussi pour éviter les conflits ; ainsi il a même gravé au couteau leurs prénoms sur des planchettes, clouées à l'intérieur des échaliers, puis noirci le creux des lettres à l'encre. Pour sûr, lui-même trouve qu'il exagère un peu, mais il aime ses bêtes comme il aimerait ses propres enfants ! Et des enfants, il n'en a pas encore... Mais ce n'est pas la question.

Aujourd'hui, pendant que Grisou finit la pâte du matin, Gamelin est sorti pour être sûr d'entendre l'angélus de midi. C'est devenu une habitude, ça lui permet de bien caler sa montre à gousset qui traîne un peu de la trotteuse. De toutes façons, selon la quantité d'olives qu'il verse dans le bassin, en général trois cents livres bien pesées, et après un coup d'œil sur la texture d'une louchée de pâte, il sait que midi n'est pas loin ; donc, en principe, quand il sort, peu de temps s'écoule avant qu'il n'entende les cloches de Valensole. Quand il revient, c'est bien rare que Grisou n'ait pas entendu les mêmes cloches et ne se soit pas arrêté : un automate au bout de son ressort ferait pareil. Après une grosse tape sur le flanc et un poutoun entre les deux yeux de l'animal, il le détèle du grand bras qui le relie à l'axe du bassin et il le mène dans son enclos, sur la droite du bâtiment.

Il ne lui reste plus qu'à mettre en eau le bassin, et là il se récupère déjà un peu d'huile de surface, juste une cuillère à soupe, pour arroser le croustet du midi : il en imbibe le pain, se taille de la saucisse ou du jambon, bien sûr n'oublie pas quelques olives en saumure de l'année passée, une poignée d'amandes, et souvent il termine par une pomme ; en parlant d'arroser, il se sert un grand chicouloun de vin –

c'est-à-dire un doigt, mais plutôt vertical le doigt –, deux ou trois figues, sèches mais pas trop, comme il les aime et, pour terminer, encore un petit chicouloun – juste une goulade cette fois – pour rincer la bouche et faire descendre ; et c'est l'heure de la proundièro : vingt minutes en général, sur une paillasse qu'il s'est organisée à l'abri des regards, derrière des fûts empilés, « pour si dégun venait à rentrer… »

Pendant ce temps, l'huile est déjà bien remontée et c'est le moment de l'écumer avec une sorte de grande poêle plate, percée comme une écumoire, puis avec une seconde, sans trous cette fois. Il a mis presque une année à parfaire le geste, et aujourd'hui c'est celui qu'il préfère dans le métier ; parce que ça lui a coûté d'apprendre le mouvement, franc mais souple, et c'est une bonne raison. Quand il a vidangé, récupéré les pulpes, garni les scourtins et mis sous presse, il peut laisser le travail se faire tout seul pour la première tournée : l'huile s'écoulera dans le premier fût et il n'y reviendra que pour mettre en fût de décantation. Il éliminera la dernière eau, et plus tard, par le même robinet il remplira les bouteilles une à une. Pour lui c'est même pas de l'huile, c'est du fruit, et il faut voir ses yeux quand il regarde couler le précieux liquide : c'est comme s'il avait changé du plomb en or !

Mais pour tout ça, il aura le temps. Deux grosses heures ont passé ; ce qui presse c'est de faire la deuxième tournée, et il sait qu'il ne finira pas de bonne heure ce soir. C'est la saison qui veut ça. Il est temps d'aller chercher Gabin.

Gabin, son enclos est de l'autre côté, on y va par la gauche du bâtiment.

Quand il a vu l'échalier entrouvert il n'a pas réagi – la fatigue de la mi-journée sans doute –, mais quand il a réalisé, il a failli s'étouffer :

« Fan de chichourle ! On m'a volé Gabin ! Les fumiers ! Je les trouve, je les escagasse ! Là y'a coucarin ! »

C'est vrai que la simple attache qui retient l'échalier fermé, il ne l'a jamais trouvée très prudente, même un âne saurait la retirer. Ceci dit, il a pas pu laisser ouvert, il y passe presque jamais, vu qu'il accède à l'enclos depuis le moulin : « Mais bon sang, on se connait tous ici, ça peut pas être quelqu'un d'ici… Non, là je sens les fonfonis qui montent ! »

D'abord, il a regardé tout autour. Rien. Il revient devant le bâtiment, le contourne jusqu'à l'enclos de Grisou. Rien : « Pas res ! Tant pis, je vais vers Valensole, si je trouve pas sur le chemin, quelqu'un l'aura vu passer là-bas ! »

Et il part à Valensole. Sur le chemin il lui revient une conversation entendue l'autre dimanche au Café Oriental. Il se disait que les mules étaient tellement demandées maintenant que les maquignons recherchaient des mâles reproducteurs pour les juments. Il ne serait pas étonné si, de passage, des maquignons convertis aux mulassières avaient vu son âne et… « Arrête Gamelin, tu te fais des idées, tu vas le retrouver… »

Une demi-lieue franchie – il est presque à Valensole –, il croise Marcillin Buscane qui mène ses chèvres. Lui ne parle que le provençal :

« Adessias Marcillin, as pas vist moun aï ? (Bonjour Marcillin, tu n'as pas vu mon âne ?)

– Pa'n aï de la journado, nàni… (Pas vu d'âne de la journée, non…)

– Gramaci, à la revisto ! » (Merci, au revoir !)

Et il continue, court comme un dératé, rentre dans Valensole et prend la rue des Remparts, au hasard, mais pas vraiment : il veut gagner le cœur du village, trouver des témoins, car le matin il y a eu marché. Cependant l'atmosphère est bizarre, les rues sont désertes… un enterrement peut-être ? On lui aurait dit ! Il remonte en courant quand même vers l'église : pour se renseigner il faut bien trouver quelqu'un, et si c'est un enterrement, il s'en trouve toujours une dizaine qui attendent dehors. Mais, à l'angle de la rue Sainte-Catherine :

« Fatchedeu ! on est le 4 décembre, le jour de la Sainte-Barbe ! » il tombe nez-à-nez avec le bedeau, suivi du curé, suivi des trois enfants de chœur qui portent les sietoun, suivis de la statue en pied de Sainte-Barbe, suivie de tout le village en procession ! La rencontre est si brutale que le curé marque un temps d'arrêt, le mitraille en fronçant les sourcils et rien que dans son regard Gamelin peut deviner la prochaine pénitence après confesse : au moins quatre Pater et deux Ave… Pour ne pas passer pour un marque-mal, il se serre contre le mur de gauche – la rue est étroite – et regarde ses chaussures, recueilli, les mains croisées devant la ceinture, comme s'il allait communier. Pendant que le village défile, il se dit, rassuré, qu'il pourra questionner les plus bavards, toujours en queue de procession. Bien pensé : Sylvien Peyre, la pire des charrettes, ferme la marche, mais il ne perdra pas de temps à l'écouter : « Ou il l'a vu, ou il l'a pas vu ! » Comme il cherche tout le temps quelqu'un à qui parler, il l'a peut-être vu… « Mais peut-être qu'il a rien vu et qu'il voudra tcharer quand même… »

« Oh, Sylvien ! Tu n'aurais pas aperçu mon âne ? Gabin ! Il a disparu !

– Attends voir que je réfléchisse… Des ânes, j'en ai vu, oui !

– Oui, je sais, y en a plein le marché le samedi, mais un âne qui se promène seul, ou un âne que quelqu'un que tu connais pas qui passerait avec ?

– Un âne que quelqu'un que je connais pas qui passerait avec ? »

« Boudu ! c'est vrai qu'il répète tout, coume un dròlle de tres an, se rappelle Gamelin, je vais perdre mon temps ! »

Heureusement un gamin qui a entendu, gesticule : « Moi je l'ai vu ton âne, un âne qui courait derrière un autre âne attaché derrière une roulotte !

– Où ça tu as vu ça ? Où ça ?

– En bas je l'ai vu !

– Et vers où ils allaient ?

– Sûr ils ont pris la route de Riez, j'étais avec mon père… »

Et voilà Gamelin qui dévale les rues, non seulement il ne veut pas perdre de temps mais il craint de croiser à nouveau la procession qui fait le tour du village ! Mais c'est surtout l'angoisse de faire macari qui le fait courir si vite.

En bas du village il court toujours, et en courant il se surprend à prier, suppliant : « Sainte-Barbe, je sais que vous c'est plutôt pour le blé, mais pensez à mes olives, comment je les travaille avec un seul âne, dites-moi ? Sainte-Barbe, je vous en prie ! » et en même temps il se souvient du dicton que répétait toujours sa mère en allumant un cierge, dès qu'approchait l'orage : « On se souvient de Sainte-Barbe quand il tonne... » Eh oui ! Gamelin se dit qu'il ferait bien d'insister un peu. Alors il reprend sa prière : « Sainte-Barbe, c'est vrai, je vous avais oubliée, mais vous savez bien que c'est la saison des olives... de l'huile ! comment je fais, moi ? »

Il se sent un peu confus, mais il y croit ; et il a raison d'y croire parce qu'il a eu la bonne idée de couper par le chemin des Coussières qui rejoint la route de Riez et, juste là, il aperçoit de loin, après le grand virage sur la gauche, une roulotte arrêtée sur une friche : « Fatchedeu... ! » C'est le moment de reprendre son souffle et d'évaluer la situation. Il observe un moment et décide d'approcher, l'air de rien, parce que d'âne il n'en voit guère ; il voit bien le cheval, dételé de la roulotte, mais c'est tout. Arrivé au virage, il remonte un peu la route, et là, pas de doute : Gabin est là – la roulotte le cachait – et un autre âne avec lui, mais plus loin. Les deux sont attachés, chacun à un amandier. « Noundidiou ! Qu'est-ce que je fais ? Si c'est des caraco, je vais me sentir un peu faible... »

Mais tant pis, Gamelin aime trop son âne pour se laisser voler, et des gendarmes c'est pas aujourd'hui qu'il va en trouver ! Il approche, contourne la roulotte et voit une jeune femme assise qui s'affaire à allumer un feu. Alors il lance, un peu vindicatif, mais après tout c'est son âne :

« Dites ! L'âne, là ! Vous l'avez trouvé où ? »

La jeune femme sursaute et se retourne. Il reprend :

« Adessias ! Dites-moi, l'âne vous l'avez trouvé où ? Ce serait pas le mien ?

— Dites, c'est plutôt lui qui m'a trouvé, oui ! C'est en faisant une halte que je l'ai vu qui suivait la mienne — c'était donc une ânesse —, et j'allais retourner au village, voir qui aurait perdu son âne… Il est à vous ?

— Eh oui ! s'exclame Gamelin rassuré de la situation, bon, bon ! je vous crois, y a pas coucarin, mais faut que je le récupère mon âne…

— J'espère, oui, que vous me croyez ! s'agace un peu la jeune femme, je vais pas vous le garder, ne vous inquiétez pas. En plus, je sais pas pourquoi il nous a suivi parce que la mienne, elle est pas disposée. J'ai dû les séparer !

La jeune femme ne paraît pas très farouche et Gamelin respire tellement mieux qu'il se présente :

— Excusez-moi, je suis Gamelin Bareste, vous avez dû passer devant l'huilerie et j'ai dû mal fermer et…

La jeune femme n'est pas du genre à perdre son calme. « Faut du courage à une femme pour voyager seule… » pense Gamelin.

— Vous voulez de la tisane, j'allais en faire ? »

☙

Nous voilà deux années plus tard. Gamelin Bareste, dès qu'il sent que midi approche, sort toujours devant son huilerie. Mais entendre si c'est bien l'angelus n'est plus la seule raison : il a pris l'habitude de faire le tour du bâtiment pour regarder ses ânes. Maintenant, il en a cinq : Gabin et Amande, devenus inséparables ; leur progéniture, Gipsy et Gaillou, un an d'écart, et Grisou qui est resté très indépendant. Il aime bien se souvenir aussi qu'après la tisane, Madélia, qui cherchait du travail, est revenue le voir. Elle n'est jamais repartie. Les affaires vont bien, aussi il pense lui parler mariage. Et chaque jour, en faisant son petit tour à l'angelus, il se pose la question :

« Tout ce bonheur, cette chance que j'ai, c'est grâce à l'âne ou à Sainte-Barbe ? »

Renada

Complétons notre vocabulaire :

Grau : terme occitan signifiant « estuaire » ou « chenal ». Ici, il traverse la lagune.
Ninon : chéri/e, petit nom amoureux, affectueux.
Congre : Les congres se différencient des murènes par leurs nageoires pectorales, et des anguilles par leur mâchoire.
Atchoulé : s'atchouler c'est tomber sur le cul.
Moucadou : mouchoir.
Tèque : un coup. Recevoir une tèque.
Pas res : rien.
Cluc : sieste.
Con de manon : juron (plutôt provençal) exprimant l'agacement.
À quicòm près : à quelque chose près.
Merci pla : merci beaucoup.
Fouzéguer : se mêler des affaires d'autrui.
Per bézé : pour voir.
Patac : un choc.
Loungagne : personne lente, qui met du temps.
Bombasse : jeune fille, femme (utilisé lorsqu'on n'a pas les mots pour décrire une femme magnifique)
Pauvret : pauvre, malheureux (le plus souvent pour laindre quelqu'un). Déjà vu dans « Un vieux loup ».

Renada

Écoutez cette histoire, belle mais un peu triste… Elle s'est déroulée sur un des grands étangs qui bordent la Méditerranée – il y en a quelques-uns –, mais on comprendra que la curiosité qu'elle éveille ait poussé ceux qui l'ont colportée à changer autant les noms de lieux que ceux des personnages. Déjà que ces étendues et leurs alentours sont envahis pendant les mois d'été, il ne manquerait plus que l'hiver voie lui aussi défiler les curieux et amateurs de phénomènes inexpliqués…

Nous sommes au mois d'octobre. Jausep est un pêcheur parmi la vingtaine qui exercent à l'année sur l'étang. C'est la fin de la saison – elle fut fort bonne –, pourtant les daurades, les loups, les turbots et les soles sont toujours au rendez-vous. Surtout près du lieu-dit du Mescladis, là où l'eau douce du ruisseau de Madaule se mélange à l'eau de mer du grau de la Restanque. Ce poste, Jausep il l'aime bien : « Comme toi tu vas te baigner à la mer, ici le poisson vient prendre un bain d'eau douce… » Mais pour rester sérieux, c'est plutôt que le poisson reste dans le courant salé du grau et que Jausep l'attend à la sortie, dans le fil de l'eau… De plus à cet endroit la lagune est magnifique, une véritable réserve pour les oiseaux : l'aigrette et l'échasse blanche y vivent toute l'année, les flamands roses en hivernage, les sternes viennent s'accoupler au printemps… Jausep n'est certes pas le seul à connaître ce poste, mais il faut dire qu'avec les collègues l'entente règne. Au fil des années, une sorte de tour de rôle s'est organisé sur les différents postes et il n'est plus nécessaire de se concerter pour savoir lequel est libre ou à quel moment on peut s'y rendre. Ils peuvent s'y retrouver à trois ou quatre mais jamais plus, et personne ne se plaint d'une concurrence trop forte.

Jausep tourne souvent avec Marcelin. Faciles à repérer car leurs barques sont identiques : blanches avec le plat bord turquoise. Il faut dire qu'ils s'entendent bien puisqu'ils sont aussi partenaires indéfectibles à la belote. Presque tous les après-midi, après la sieste, ils ont rendez-vous au Café du Commerce, chez Louis, et les parties peuvent durer des heures. Il n'y a guère que Mamert et Justin qu'ils craignent, parce que ces deux s'entendent aussi très bien. Tous les deux mois environ, Louis organise un concours et personne ne saurait dire laquelle des deux équipes a gagné le plus souvent. Ce qui est sûr c'est qu'ils se retrouvent presque toujours en finale et qu'ils font le spectacle. À se demander comment ils font ! Les connaisseurs disent que les mimiques des appels ne sont jamais les mêmes, qu'ils en changent tout le temps et qu'il est impossible d'en connaître le sens vu qu'il change tout le temps lui aussi : se gratter l'oreille peut vouloir dire « J'ai le 9... » le samedi, et annoncer une coupe franche le dimanche. La complicité et l'expérience !

Mais ce matin – il est quatre heures – Marcelin a choisi de remonter le grau jusqu'à la mer. Jausep se retrouve seul au Mescladis – la vingtaine de pêcheurs du coin s'est éparpillée sur l'étang. La fraîcheur d'une nuit d'octobre, la lune croissante, le calme, les clapotis à peine perceptibles sur le bordage, le courant favorable, tout participe à une pêche exceptionnelle. Pourtant, à cet endroit, Jausep se laisse souvent gagner par la mélancolie : le Mescladis c'est aussi cette petite plage sur laquelle ils se rejoignaient parfois, lui et sa ninon. Parce qu'il se retrouve seul, son esprit s'égare vers le tournant de sa vie. C'est comme ça qu'il le ressent et le décrit car il n'a jamais fait le deuil de sa bien-aimée : Renada n'est jamais reparue. Un mystère. C'est vrai que les fonds de l'étang peuvent atteindre trente mètres par endroit. Quand il y pense, il pense aussi à Renada, au prénom, et il se dit qu'il ne perdra jamais espoir parce que Renada signifie « née à nouveau ». Alors, au fond de son cœur, il l'attend.

Ce qui le calme bien et le détourne de ses pensées, c'est quand la pêche est bonne. Et là, c'est plutôt bien : en un peu plus d'une demi-heure il a remonté une demi-douzaine de jolis loups, bien calibrés ; à ce rythme-là ça donne le sourire et si Marcelin est en amont de son poste et qu'il en prend autant que lui, il se demande ce que ça aurait donné s'il n'y était pas… « Bon, après du poisson y en a pour tout le monde et ça reste jamais sur les bras, les restaurants du coin prennent tout… » pense-t-il. C'est là qu'ils font les meilleures ventes avec Marcelin et les bonnes tables ne manquent pas. Tout à l'heure il va essayer le congre, parce que là, c'est la pleine saison ;

il a pris ce qu'il faut pour ça : le meilleur appât reste la sardine, et il en a ; pour les connaisseurs, il monte ça sur un bas de ligne en acier, armé d'un hameçon simple de 3/0 ou d'un gros triple numéro 2 minimum ; des plombs de plus de 50 grammes, avec la sardine en plus ça suffit, et des corps de lignes supérieur à 40 /100 ; un moulinet des plus costauds. Pour dire qu'il pourra assurer les prises !

« Eh bé, tè ! Quand je suis à dix loups je m'y mets ! ça se vend tellement bien, le congre ! » Et ça ne tarde pas : une demi-heure plus tard le compte y est, alors Jausep change d'attirail. C'est du sérieux.

Il déplace la barque un peu plus près des rochers à la sortie du grau, mais pas trop. Il veut des congres qui chassent, sortis du trou. Bien sûr le temps semble tout de suite plus long, et malgré lui, bien qu'il reste vigilant, ses pensées vagabondent. Toujours les mêmes, mais ça il n'y peut rien. Il a bien fallu trois-quarts d'heure pour que ça remue – il allait revenir au loup – mais enfin les clochettes le sortent de sa torpeur. Branle-bas de combat ! Il ferre sur l'instant ; ça tire, ça tire, mais bizarrement, quand il veut ramener, la résistance est faible. C'est forcément gros, il le sent, mais ça ne résiste pas comme ça devrait. Le congre c'est un bourrin, il n'est pas question de relâcher, il peut repartir dans les rochers et là, c'est fini ! Il mouline, mouline… à tous les coups, il va lui jouer des tours dans les derniers moments, se débattre… c'est trop mou… et en même temps c'est très lourd. Il n'a jamais ressenti ça au bout de la ligne… Aussi bien il est en train de remonter un pneu de camion et quelques algues ; le courant du grau le bercerait dans cette résistance molle ? Une olive : le bas de ligne s'annonce... il vérifie que l'épuisette est à portée. Oui ! Il mouline, mouline...

Là, Jausep, quand il se le raconte, l'émotion est trop forte. Il pense se souvenir qu'il a tout lâché, sa barque tanguait mais c'était son vertige, sa tête qui tournait, le souffle coupé, l'air qui manquait, les jambes en flanelle ! Ça lui est arrivé de s'allonger dans la barque, pour rêvasser, regarder les étoiles, mais jamais d'avoir perdu l'équilibre ! Il est resté étalé de tout son long, sur le dos, entre les seaux et le matériel, le regard éperdu de doute et de crainte mêlée. Était-il en train de devenir fou ? Les étoiles ont mis un moment, un long moment, à achever leur danse. D'abord hystériques, elles ne se sont assagies qu'à l'aube, noctambules épuisées, avalées par la pâleur du ciel.

C'est Marcelin qui a eu peur ! Quand il a descendu la Restanque et qu'il a vu la barque. Vide ? Il a fait toucher les plats-bords, et là :

« Heureusement que j'étais assis parce que je me serais atchoulé ! Qu'est-ce que tu fais couché comme ça Jausep, ça va pas ? Tu es blanc comme le moucadou de ma grand-mère !

— Non ça va, ça va !

— Tu as glissé et tu t'es pris une tèque, non ?

– Pas res je te dis, juste un peu fatigué alors je me suis allongé en t'attendant…

– Oh, oh, toi tu me blagues ! Et cette canne qui pend par le moulinet, c'est une nouvelle technique, c'est ça ? plaisante Marcelin, incrédule, allez, on rentre ! »

Arrivés au village, Marcelin a réquisitionné la pêche de Jausep : « Je m'en occupe… » et l'a forcé à rentrer chez lui : « Tu te reposes, tu manges, tu fais un cluc et ça ira. Mais je veux pas te voir chez Louis si tu n'as pas repris des couleurs ! Ça va aller ? » Jausep a répondu par une moue d'approbation sans qu'un son ne sorte de sa bouche. Il se dirigeait déjà vers sa porte, les épaules basses, le pas mal assuré.

Cet après-midi, quand il rentre chez Louis, tous les regards se tournent vers lui. Le regard qu'il lance a Marcelin veut tout dire : « Merci d'avoir mis le village au courant ! » Marcelin n'en fait pas cas mais l'accueil qu'il fait à son ami a quand même quelque chose d'un peu surfait : « Allez Jausep, installe-toi ! Regarde, je t'ai déjà commandé ton panaché, il attend plus que toi… Peut-être qu'il est plus très frais… » dit-il en tâtant le verre du bout des doigts. Bref, Marcelin, il en fait trop ! ou beaucoup plus que d'habitude, et Jausep lui jette des regards en coin qui ressemblent plus à des lancers de fléchettes qu'à des remerciements. Il se calme en pensant : « C'est vrai que si tu veux garder un secret, il vaut mieux te confesser qu'en parler à Marcelin… Et Mamert et

Justin qui se marrent en silence, ils croient que je les vois pas ? Ils ont des yeux de gagnant à la loterie nationale... » Car cet après-midi, les deux compères sont là : ils viennent défier l'autre duo magique. Une partie en trois manches avec revanche. Aucune des deux équipes ne l'a jamais emporté en deux manches, tant chacune s'accroche et veut gagner. Un énième défi que tout le café voit comme une répétition pour la semaine prochaine vu que Louis a affiché ce matin même l'annonce du prochain concours, à peine une semaine plus tard : *« Grand tournoi bimestrielle de Belote »* écrit en lettres peintes, par Louis en personne, sur une grande ardoise. Il rajoute la date en dessous, à la craie, et il la suspend sur la porte vitrée de l'entrée. Ça fait bien trois ans que Girardet, l'instituteur, inlassable, lui dit que « bimestriel c'est -iel » et s'accorde avec tournoi, mais Louis s'agace et trouve mieux que ce soit la belote qui s'accorde : « Ici, monseigneur, le tournoi est « grand » et la belote « bimestrielle » ! c'est comme ça ! » et il lui pose son café assez sèchement pour qu'il déborde un peu dans la sous-tasse, et s'excuse : « Hop ! pardon ! Eh bé, té ! comme ça le sucre il est déjà mouillé... » Parce qu'il sait que Girardet déteste ça et qu'en plus il ne met jamais de sucre... Il ne faut pas vexer Louis...

La partie commence. Mal. Justin, toujours un peu mielleux, coupe pour la donne vers Jausep. Maldonne de Jausep. Ça arrive... Jausep donne à nouveau, sous les regards vigilants. On joue. Jausep annonce un carré en règle mais oublie de le montrer à la seconde levée. C'était un carré de dames : 100 points de perdus, on joue comme en tournoi. Marcelin fulmine : il a toussé comme un catarrheux pour appeler Jausep mais les autres l'ont fusillé du regard. Le pire c'est que Jausep ne montre rien. Pas la moindre confusion, excuse, pas même un regard pour son partenaire. Tout le café suit la partie de loin, on sent le malaise. Trois levées plus tard, renonce[1] de Jausep. Par bonheur il s'en rend compte ! Marcelin ne peut retenir un « Ouf ! ». De toutes manières, Mamert et Justin sont maîtres, belote, rebelote et dix de der. Jausep et Marcelin sont capot[2]. La honte ! Une onde de messes basses parcourt le café. Diversion des spectateurs : Louis prend les commandes de ceux qui ne regardent déjà plus. C'est à Mamert de donner. On joue. La débandade continue : Jausep, à se repasser le film de sa pêche sur l'étang, fait figure de débutant. Son front perle de moiteur et quand il veut sortir son mouchoir, il découvre son jeu : ses deux voisins s'en régalent sur l'instant. Marcelin qui s'en aperçoit : « Con de manon, mais allez-y, tous ! À quicòm près c'est la belote à trois ! » À Jausep : « Avec qui tu joues ? » Les deux compères adverses redoutent l'esclandre et font profil bas. Mais c'est Jausep, à peine finit-il de s'éponger le front, qui abat son jeu sur la table, se lève en grommelant : « C'est pas mon

---

[1] La renonce c'est le fait de ne pas fournir lorsqu'on a une ou plusieurs cartes de la couleur demandée. Si c'est fait de façon involontaire c'est que le joueur a été distrait, sinon il s'agit de tricherie !

[2] Capot : on est capot lorsqu'on ne ramasse aucun des huit plis, le camp adverse marque 252 points plus leurs annonces, plus les annonces de l'autre camp…

jour, les gars... », traverse la salle muette comme un aquarium, et sort sans même refermer la porte. Alors que tout le monde veut se montrer discret, Marcelin, à son habitude, se croit obligé de commenter : « Je sais pas ce qu'il a. Je vous dis, il était au fond de sa barque et... » mais comme personne n'en demande davantage, lui aussi se lève, pose un billet devant Louis, placide, accoudé au comptoir, sort et ferme la porte derrière lui.

Jausep n'est pas bien loin. Sitôt sorti, Marcelin l'aperçoit au bord du petit quai, devant leurs deux barques. Marcelin le rejoint :

« Qu'est-ce qui t'arrive, Jausep, on peut savoir ? À moi tu peux te confier, tu le sais...

— Oh oui que je le sais ! et demain tout le village le sait aussi !

— Ah ! merci pla ! Mais... c'est donc que tu as quelque chose ! – il attend un peu – On se connaît, non ? ... Écoute, je suis pas non plus du genre à fouzéguer, alors si tu veux pas me le dire, ne me le dis pas.

— De toutes manières tu me croiras pas...

— Et pourquoi, per bézé ?

— Parce que c'est un truc de fou, que personne pourra croire ! N'empêche que ça m'a fait un patac, et pas que derrière la tête... à l'intérieur aussi !

Marcelin est pris d'un rire nerveux :

– Çà c'est sûr, je t'ai jamais vu jouer comme ça !

– Oh ça va, hein !

– Allez, viens, on marche un peu, tu me racontes tout ça ! Écoute, si je le répète, tu le sauras ! Eh bé, té ! je te donne ma barque !

– Oui ? et qu'est-ce que j'en fais ? Un pied dans chacune ?

Marcelin voit bien que Jausep veut se confier, que ça a du mal à sortir, mais qu'il finira bien par le dire. Alors il ne le brusque pas. Ils partent marcher sur la berge et bien sûr ils parlent pêche. Puis de celle de ce matin. Et Jausep lui raconte en détail, qu'il partait sur du congre et que…

« …là, ça remontait, mais trop… comment dire…trop gentiment, quoi !

– Oui, et alors ?

– Écoute, si tu le répètes, tu n'as plus de barque, tu m'entends ? C'est pas que je me la garde, mais tu la retrouves au fond de l'étang !

– Que Saint-André me la coule à l'instant où je le répète ! Je peux pas te dire mieux !

Jausep hésite encore quelques secondes, et :

– Eh bé… Je voyais déjà le bas de ligne, je regarde l'épuisette à portée, et alors que je m'attends à me battre contre un monstre…

Jausep s'arrête net, ses yeux fixent les vaguelettes sur la berge, puis se perdent beaucoup plus loin, là où la mer semble avaler la lagune.

– …alors ?

– Eh bé… j'ai cru qu'il m'avait coupé le fil. Plus rien ! Je mouline et là…

– Et là ?... Oh ! loungagne ! Tu le ponds ?

– Eh bé, j'ai d'abord cru à un dauphin, tu vois un saut de dauphin ? Pareil ! Il sort de l'eau et…

– Oui mais c'était quoi ? Un requin ? Tu as bien vu ce que c'était comme espèce, non ?

– … après une courbe légère et gracieuse, il replonge et…

– Jausep ! appelle Marcelin, comme pour le réveiller, je crois que le patac tu l'as pris derrière la tête, mais avant de la voir, ta *chôse* ! Pas après. Je me trompe ?

– Bon, écoute ! Voilà ! C'était à la fois, une femme et… – impossible de finir sa phrase.

– Oui ? Une baigneuse, au mois d'octobre ? Une suédoise alors ! – Marcelin déraille dans un petit rire aigu qu'il retient en se pinçant les lèvres du mieux qu'il peut – tu lui as demandé d'où elle venait ?

Jausep n'en fait pas cas. L'air grave, il continue, la voix éteinte :

– … un poisson.

– Une femme ou un poisson ? Faudrait savoir !

– Les deux…

Marcelin reste la bouche ouverte, on dirait une manche à air de paquebot ! Il adresse un regard plein de compassion à son ami et pose une main sur son épaule, regarde sa montre :

– Té ! le pharmacien est encore ouvert, je le connais bien, c'est un cousin à ma belle-sœur, il te donnera ce qu'il faut, qu'au moins tu passes une bonne nuit !

Jausep s'encolère :

– Tu vois bien que tu me crois pas !

– Mais si, mais si ! Je t'assure, mais si tu as vu une… sirène, c'est ça ? tu pourras jamais dormir. Moi ça me ferait pareil…

Jausep comprend que son ami le prend pour un fou. Cette fois il hurle :

– Je savais qu'elle était pas morte Renada ! D'abord on l'a jamais retrouvée !

Marcelin qui a fait un peu de commerce, sait comment faire diversion dans les moments critiques. Ou plutôt il croit savoir. De sa voix la plus enjouée :

– Tu sais, Jaumeta, la fille du quincailler ! Bon ! Je sais bien qu'on dit « femna fardada a pas de longa durada »[1] mais quand même… Une bombasse ! Tu as vu comme elle te regarde quand on va là-bas ? tu devrais…

Là, Jausep perd son calme, ne se contrôle plus : il saisit Marcelin par les deux revers de sa veste et le secoue. Sur un ton rageur :

– Je te dis que c'était elle ! Tu m'entends ? Renada ! Renada ! Je veux bien avoir rêvé le poisson, mais la femme c'était elle !

Il lâche son ami – déséquilibré, Marcelin cherche un appui et s'affale sur les fesses – puis part à grands pas en vociférant des mots incompréhensibles, entrecoupés par des sanglots retenus.

Trois nuits et trois jours ont passé. Jausep n'a pas tourné sur les postes comme d'habitude. Non ! Marcelin, un peu vexé, n'a pas cherché à le voir, à savoir où il se trouvait. Il sait par la gazette que Jausep s'est rendu toujours au même endroit, au Mescladis. Ceux qui l'ont vu n'ont rien remarqué d'anormal, aussi Marcelin est décidé : demain, plus tôt que d'habitude, il descendra le grau vers la mer et rentrera de même, un peu plus tôt. Comme ça, il passera devant Jausep et là il ira le trouver, lui dire qu'il ne lui en veut pas. « C'est vrai que des amis de toujours ça ne peut pas en rester là, quand même ! se dit-il, trois jours de bouderie ça suffit, après les

---

[1] Se traduirait par : Femme maquillée ne se garde pas longtemps

comportements s'installent et c'est plus dur de revenir... » Tout ça, Marcelin le pense et s'en émeut, à se mouiller les yeux. Surtout quand il repense à la colère de Jausep : il lui a semblé si sincère, si convaincu, qu'il se demande si son ami n'est pas devenu fou. Il le craint bien : « Une sirène... Pauvret, il s'en remettra jamais de sa Renada ! »

Ce matin, Marcelin s'en va une demi-heure plus tôt. Il devance Jausep, sa barque est encore à quai. Malgré lui, quand il passe le Mescladis, il scrute les vaguelettes de l'étang, se prend à croire à cette histoire pendant quelques secondes. Mais il rit vite de lui-même, et c'est plus que de l'amitié, c'est presque de la tendresse qu'il ressent. Il pense surtout que si tout se passe bien, cet après-midi, ils défieront ensemble qui voudra, histoire de se refaire un peu la main pour le concours chez Louis, dans trois jours maintenant.

Bien des années ont passé. Marcelin ne pêche plus depuis longtemps. Avec quelques autres vieux du village, sa principale distraction consiste à s'asseoir de longues heures sur un banc de la place du Marché, un de ceux qui regardent l'étang. C'est là que tout se passe, comme dans tant de villages, là que tout se raconte, se révèle, se démêle le vrai du faux, se répandent les jacasseries, les ragots.

Mais depuis toutes ces années que Marcelin vient sur cette place, la même histoire le taraude : certes il a promis à Jausep de ne jamais raconter la confidence qu'il lui a faite quelques jours avant de disparaître, mais aujourd'hui cette histoire lui pèse ; il veut s'en libérer, il sent que le moment est venu. Au fil du temps, de plus en plus de curieux viennent observer le phénomène du Mescladis, et son village si tranquille fera bientôt figure de station balnéaire. Ce n'est pas de son fait, il a toujours tenu parole, il n'a même jamais dit à quiconque qu'au retour de sa pêche, ce matin-là, il avait croisé la barque de Jausep, cette fois vraiment vide, qui dérivait. Il refusait d'y croire. Mais très vite, après des recherches vaines, tous ceux qui venaient pêcher en poste au Mescladis ont aperçu la même chose : sur la petite plage, un couple, assis, deux amoureux, l'un contre l'autre. Encore aujourd'hui, personne n'a réussi à les approcher : ils plongent dans l'étang et disparaissent.

« C'est bien qu'ils veulent être tranquille, se dit Marcelin, et si je raconte tout, peut-être que les collègues arrêteront d'en parler, par respect pour Jausep. Que le village retrouve la paix, noundidiou ! »

Un conte de… fée ?

Le coffre à secret

Depuis le temps qu'il la voit passer ! Ça doit bien faire dix ans, eh oui ! en fait, depuis qu'il s'est installé. Tous les matins et tous les soirs cette dame âgée, mais encore très alerte, passe devant son atelier, toujours dans le même sens ; elle se rend sans doute au village pour faire quelque course, à la boulangerie ou ailleurs, qu'en sait-il… et il en est de même le soir, quel que soit le temps ou la saison. Elle doit rentrer par un autre chemin puisqu'il ne la voit jamais revenir dans l'autre sens.

Pour Martin Moreau c'est devenu presque un rituel. Quelque chose lui manquerait – même il se dirait inquiet – s'il ne la voyait plus descendre la rue de son petit pas tranquille. C'est simple, elle est aussi bien réglée que lui : le matin il allume la cheminée pour tempérer l'atelier et faire chauffer la colle – car Martin Moreau est maître-ébéniste – donc il ne peut pas ne pas la voir à travers la grande baie à petits carreaux ; le soir, le bec de gaz éclaire suffisamment la rue pour permettre de discerner les passants ; lui s'assure que le feu est bien éteint, met les quelques braises qui subsistent dans un grand seau de métal, nettoie les cendres et prépare le feu de copeaux pour le lendemain. Sans jamais faillir, cette dame, souvent coiffée d'un chapeau à plume, passe à ces moments précis. On voit qu'elle est d'un bon milieu, qu'elle a certains moyens comme on dit, une certaine élégance, sans doute de l'éducation et, malgré son âge avancé, une certaine prestance. Il ne serait pas étonné qu'elle soit de sang noble, une aristocrate, quoi ! Mais il n'en sait rien, elle est d'apparence soignée, voilà tout !

Comment pourrait-il savoir ? Lui se mêle peu des affaires du village, pour la bonne raison qu'il travaille presque exclusivement pour les bourgeois de la ville. Il y a bien le maire qui l'a fait travailler au début de son installation – pour l'encourager pense-t-il, une forme de bienvenue –, le pharmacien aussi, mais il faut bien reconnaître qu'à part recoller quelques chaises de temps à autre ou une table bancale, les gens du village ne le fréquentent pas trop non plus. Il en connait la raison : c'est qu'il se dit ébéniste et refuse les travaux de menuiserie ; et il sait bien que c'est pour ça que les villageois le boudent un peu, car dans les villages « il faut tout faire, même les cercueils ! » lui a dit un jour un grand-père menuisier qui, pour l'heure, n'a jamais été remplacé.

Elle aura donc mis une bonne dizaine d'années avant de pousser la porte, mais aujourd'hui Martin Moreau se dit que tout finit par arriver. En effet, cette dame ne vient pas en curieuse et rentre sans aucune hésitation ; elle se présente – il n'a pas bien compris son nom et sur l'instant il n'ose pas lui faire répéter – lui tend sa main gantée et rentre dans le vif du sujet en déclarant qu'elle a une commande importante à lui faire ; pour reprendre ses propres termes « … peu importante par ses dimensions, mais certainement d'une bonne valeur ! » Lui est tout ouïe pendant qu'elle décrit l'objet :

« Figurez-vous que je réfléchis depuis quelque temps à vous commander un coffre, un coffre à bijoux j'entends, mais un coffre à secret… Non pas de ces secrets que tout le monde connaît et qui n'en sont plus pour personne – du genre « tire la chevillette et la bobinette cherra », non ! – un secret que nous serions seuls à connaître, vous pour l'avoir construit et moi pour l'avoir appris lorsque vous me le livrerez… Est-ce possible, dans vos cordes ?

– Certainement, madame ! acquiesce Martin, trop heureux de la demande, auriez-vous un désir, une idée quant à la forme, un modèle que vous aimez peut-être ?

– J'ai eu l'idée d'un clavecin, pas un vrai bien sûr, car j'en jouais lorsque j'étais jeune, et j'en garde une certaine nostalgie… Malheureusement je ne peux plus aujourd'hui… » et elle lui montre ses mains toutes déformées par les rhumatismes.

L'idée plaît énormément à Martin. Il connaît bien ce genre d'objet et il explique qu'il pourrait en prendre les proportions chez un client pour lequel il a refait la marqueterie d'un fort beau modèle, vénitien, sinistré pendant les inondations :

« Je peux le traiter de diverses façons – il lui montre un panneau de sa réalisation, prêt à être verni – et si le style vénitien vous plaît je peux agrémenter l'intérieur du couvercle et le coffre de panneaux peints dans le style… Tout dépend aussi de votre budget…

– Je vous laisse libre de tout ! tranche la dame, complaisante, de sa forme et de ses couleurs, de ses ornements. Sachez que je veux quelque chose de très beau et que ni le temps ni le prix n'ont d'importance. D'ailleurs, tenez ! je vous laisse un acompte pour vos achats, dit-elle en tirant de son sac à main une enveloppe, je pense que ça suffira. Je ne vous ennuierai pas, je ne vous presserai pas davantage – j'ai bien attendu jusqu'ici ; vous me verrez sans doute passer chaque jour, mais je vous laisserai travailler… Faites-moi simplement signe quand il sera prêt… »

Martin Moreau a quand même insisté pour définir des dimensions approximatives et ils en sont convenus ensemble. La dame a épelé son nom et précisé la somme pour le reçu d'acompte – Élise Gensac… Neuf-cents francs –, puis s'est retirée avec un grand sourire. Il l'a laissée partir avec un « Madame… » révérencieux, et quand il recompte le contenu de l'enveloppe posée sur son établi, il se sent rassuré sur son honnêteté et sa générosité : elle contient bien la somme rondelette de neuf-cents francs.

Pendant une longue semaine, Martin se concentre sur le sujet. Chaque soir il s'endort en pensant à l'ouvrage, en cherchant quel mécanisme novateur il pourrait bien trouver ; certes, la crainte de décevoir le taraude quelque peu. Un peu perturbé par des recherches vaines jusqu'ici, l'idée jaillit cependant au beau milieu du repas dominical, et son cri vainqueur fait sursauter son épouse et son garçon. L'idée est là ! elle est complexe certes, mais il la voit, il en viendra à bout !

Le lundi soir, Martin en est à la troisième épure, et cette fois il le tient son secret : « Assurément ça n'est pas un vrai clavecin, mais c'est un vrai secret, et je défie quiconque de le trouver ! »

Le coffre plaqué en bois de rose – avec son couvercle – ne lui pose aucune difficulté : il reposera sur six pieds en tilleul, galbés à goujures, qu'il replaquera aussi de bois de rose, et un filet de citronnier soulignera le chanfrein. Le couvercle sera marqueté : un décor de feuilles et de fleurs autour d'une lyre et d'une partition ouverte. Il sera encadré d'un délicat filet composé, à motif de grecque de citronnier et d'ébène – il le tient de chez Buffard dans son stock. Quant à l'intérieur du couvercle, il ne résiste pas à en faire la surprise à sa cliente : il sera décoré d'une huile, un paysage inspiré du Lorrain qu'il sous-traitera à son ami peintre, Charles Duval. Sur l'esthétique et le caractère précieux de l'objet, il ne sait comment faire davantage. Il ne saurait non plus faire moins : n'a-t-elle pas dit que le prix ne comptait pas ?

Mais c'est sur le clavier que tout se passe ! Il a imaginé les touches en ébène et les dièses en os – dans les dimensions requises il en rentrera vingt-quatre – et sept d'entre elles fonctionneront vraiment, sur les sept notes d'une gamme. Il n'est pas peu fier de son idée, car c'est là que tout se passe : une seule mélodie sur ces sept notes permettra à sa cliente de déclencher l'ouverture du couvercle ! Une seule inversion de note, non seulement gardera le couvercle clos, mais annulera les notes précédentes.

Magique ! Prodigieux et prestigieux ! Unique ! Indécouvrable !

Son carnet de commande est largement rempli mais il ne peut résister à consacrer dès le lendemain deux heures quotidiennes pour cet ouvrage passionnant. Peu de temps après il s'accorde davantage, jusqu'à la demi-journée, puis les dimanches matin. Le secret est exigeant de minutie, complexe et précis, il en devient captif, le voilà dans les affres, dans le doute sur lui-même, dans les incertitudes sur la pertinence de l'ouvrage. Plusieurs fois il abandonne – il s'imagine rendant l'acompte – mais son orgueil le remet à pied d'œuvre. Chaque matin et chaque soir, l'appréhension le gagne au passage de madame Gensac – depuis sa visite elle fait un léger signe de tête et sourit pour le saluer ; il lui répond par une courbette. Que lui dire si elle s'arrêtait ? Trouve-t-elle le temps long ?

Tout le reste est très avancé. Il manie à merveille le tranchet, le bocfil ou la sauteuse à main ; les assemblages sont parfaits, les décors d'une grande finesse, l'ensemble très réussi. Il expérimente maintenant chaque jour son système sur un second couvercle qu'il appelle à présent son esclave, et parfois son martyr, tant les essais – et les échecs – sont nombreux. Le vrai est déjà chez son ami Charles. Quand il fait le compte de ses heures, il constate avec effroi que plus des trois-quarts ont été consacrées à son secret. Il se flagelle d'injures, se moque de sa prétention, n'en dort plus.

Un matin il se réveille avec l'impression de n'avoir pas dormi et l'idée lui vient de changer un détail, d'intervertir deux verrous et donc deux notes de sa courte mélodie. Il ne sait pas pourquoi, mais il doit essayer, l'ordre doit avoir un sens, une raison. Car le couvercle fermé est aussi le piège, l'écueil qui le nargue : il ne peut voir ce qui cloche à l'intérieur !

Dans la journée la chose est réglée et tout fonctionne ! Il se sent submergé mais cette fois c'est de fierté, et d'un bonheur qu'il n'envisageait pas ; il a soudain l'image d'une bouteille qui se vide tandis que ses tensions disparaissent. Pour la première fois depuis dix ans, Martin Moreau donne un tour de clé à la porte de l'atelier, marche jusqu'au troquet du village et commande d'une voix ferme « Un cognac, s'il vous plait ! » Trois pèlerins et le patron le regardent avaler la dose d'un trait, sans même prendre le temps de la réchauffer cinq secondes dans le ballon !

Le tampon, c'est sa spécialité. Le vernis est parfait, profond et fin à la fois ; il peut être fier. Il a essayé vingt fois son secret : do – si – fa – la – sol – mi – ré, le couvercle tressaille et se déverrouille, montre son épaisseur, juste ce qu'il faut pour s'en saisir par un onglet, le soulever et le caler ouvert avec sa béquille. Après chaque essai, Martin part d'un rire vainqueur, il ne se lassera jamais de cette magie ! Bien sûr ce n'est pas le son d'un clavecin que produit sa mélodie – les touches martèlent simplement des languettes de laiton ; en vibrant elles produisent le son, sans grande résonnance – mais le meilleur des facteurs n'imaginerait jamais son secret.

« Demain sera le grand jour : au matin je ferai signe à madame Gensac avec un grand sourire, je la saluerai avec toutes les formes, elle entrera et je lui montrerai le prodige ! Elle apprendra la mélodie, la jouera… Elle ne peut qu'être conquise. »

Et tout se passe ainsi : Madame Gensac ne tarit pas d'éloges. Dix fois, elle joue la mélodie sur les touches étroites, et dix fois, le couvercle tressaille et se déverrouille… La magie opère. Elle n'en revient pas, parle de chef-d'œuvre… Martin rougit, remercie, ses yeux brillent, mouillés de larmes de joie, son sourire découvre ses dents et sa glotte palpite sous l'émotion, il prend de larges inspirations et sa poitrine se gonfle comme celle d'un général qui reçoit les honneurs de la nation. Honoré, donc, et flatté, il veut surenchérir et propose :

« Madame Gensac, je vous le livre sur l'heure ! Permettez-moi ! – c'est aussi qu'il a sacrifié beaucoup de temps à l'objet et que peu d'argent est rentré par ailleurs…

– Monsieur Moreau, glousse madame Gensac, j'en serais ravie. Je vais en ville cet après-midi, ainsi je prendrai de quoi vous régler !

– Ce n'est pas un problème madame Gensac, rien ne presse… Je voulais vraiment vous le montrer mais je n'ai pas encore fait le compte, je vous l'avoue ! » conclut Martin. Il enveloppe le précieux clavecin dans deux couvertures neuves qu'il a achetées pour l'occasion, le charge sur sa remorque à bras, et les voilà partis au rythme, toujours alerte, de la vieille dame.

La livraison se passe à merveille : les essais, ponctués de rires et d'exclamations, et l'éloge sont renouvelés. Martin retourne dans son atelier, la remorque nue et le cœur costumé d'allégresse. Il se sent quand même un peu fourbu, mais trouve ça normal : c'est qu'il se détend, les tensions se relâchent tout à fait. Au final il reconnaît que l'enjeu valait vraiment les difficultés endurées et les affres de l'échec.

❧

Le compte est fait. Bien sûr, pour rester tout à fait honnête, il n'a pas inclus toutes les heures à tourner en rond, à s'interroger, ressasser et recommencer. Mais l'addition est énorme quand même, arrondie à la centaine de francs inférieure il arrive à 4 100 francs et, de peur d'exagérer il arrête la somme à 4 000 francs. Moins les 900 d'acompte, nous voilà à 3 100 ! Il n'a pas à rougir du prix : il doit 300 francs à son ami Charles et elle-même n'a-t-elle pas parlé de chef-d'œuvre ? Il n'y a plus qu'à attendre son retour de la ville.

Mais le soir, point de madame Gensac. « C'est exceptionnel, pense-t-il, elle a dû s'attarder… » alors Martin rentre chez lui et raconte, encore tout guilleret, son succès sans précédent et l'enthousiasme de sa cliente. Il passe la meilleure des nuits.

Le lendemain matin il ne la voit pas non plus, mais il est fort occupé à remonter le grand retard qu'il a pris sur les commandes. La journée passe. Pas de madame Gensac au rendez-vous du soir. Déjà, les prétextes et justifications défilent dans son esprit et s'il en recense une bonne dizaine plus ou moins plausibles, nous sommes samedi et il ne l'a encore jamais vue un dimanche... Il viendra quand même le matin : « Peut-être que, justement, elle aurait l'idée de passer, coupable de son retard ? »

Pas le dimanche. Pas plus le lundi matin, ni le lundi soir ! Il décide de se rendre chez elle dès le lendemain. L'atelier ouvert – il ne l'a toujours pas vue – il placarde sur la vitre « De retour sans tarder » et part d'un pas fébrile, bien décidé à comprendre. Il arrive devant la maison de madame Gensac, fait tinter la cloche à plusieurs reprises sans résultat. Personne ne répond. Il reviendra l'après-midi ! « Je n'ai tout de même pas fait tout ce travail pour neuf-cents francs ! » s'offusque-t-il.

Mais l'après-midi la surprise est grande : monsieur le maire et deux employés de mairie disposent à côté de l'entrée un guéridon nappé de noir et ouvrent un registre de condoléances. Quand il s'approche d'eux, il entend le maire commenter : « C'est bien pour le principe... Sait-on jamais ! »

Martin est abasourdi. Sous l'émotion, sans saluer le moins du monde, il interpelle :

« Madame Gensac est décédée, monsieur le maire ?

– Bonjour ! eh oui... La femme de ménage l'a trouvée dans son lit. Heureusement, parce que ça mis à part, elle ne reçoit guère de visite... Une dame bien seule !

— Ça alors ! s'exclame Martin en se portant la main au front, je lui ai livré un travail encore la semaine dernière…

— Oui ? Vous avez de la chance, peu de monde est entré chez elle ! commente le maire.

— De la chance, pas trop, non ! Elle ne m'avait pas encore payé… et pas un petit travail ! poursuit-il.

— Alors là ! – le maire se gratte la tête, perplexe – il faut que je voie la procédure. Elle vous a signé quelque chose ?

— Que non ! Enfin, si ! J'ai un talon de reçu d'acompte de neuf-cents francs, mais rien d'autre. Pour un coffre à bijou, un coffre à secret… Un travail magnifique, monsieur le maire, elle était si contente !

Le maire semble gêné, le regard interrogatif sur la réalité de la dette. Martin cherche à comprendre.

— Ça n'est pas que je doute, Moreau, ça n'est pas que je doute. Mais j'attends les gendarmes pour qu'ils posent des scellés… Il vous faudra attendre que tout ça s'éclaircisse, peut-être des héritiers se présenteront, pour l'instant je ne sais pas… »

Martin est resté muet. Il a hoché de la tête, salué, et s'en est retourné déconfit, les jambes molles, la glotte nouée comme une corde mouillée, la bouche sèche et les dents serrées de dépit.

Quinze jours sont passés. Ça n'est pas qu'il n'y pense plus – il s'endort chaque soir avec sa mélodie secrète ; parfois l'obsédante ritournelle le tourmente dans la nuit –, mais les journées sont intenses : il y a le retard accumulé et l'argent, à l'inverse, dissipé... Il faut livrer les commandes !

Au terme d'un mois, ça n'est pas qu'il ait oublié – une histoire comme celle-là ça ne s'oublie pas – mais il a travaillé si dur qu'il peut se vanter d'avoir rétabli ses comptes ! Il peut être fier de lui. Or, ce matin-là il ne sait que penser quand il voit arriver monsieur le maire : pour la deuxième fois en dix ans, il faut qu'il ait une bonne raison !

« Bonjour Moreau ! Fallait que je vous voie... ça va ?

– Faut bien, bonjour M'sieur l'maire...

– Figurez-vous que ça y est... – Martin retient son souffle – la maison a été vidée !

– Vidée ? Où est parti mon coffre, vous le savez ?

– Tout est parti à la salle des ventes, selon les souhaits de madame Gensac, mais pas votre coffre, non !

Martin reprend une bouffée d'air.

– Vous allez me le rendre, c'est ça ?

– Non, non, du tout ! Écoutez, je n'en sais pas plus sinon que j'ai vu l'huissier qui a fait l'inventaire, qui a vu le notaire, qui veut vous voir ! et si vous êtes disponible ce serait demain matin à neuf heures...

Dire que Martin a dormi cette nuit, serait offenser son épouse. Elle ne l'avait jamais vu dans cet état ; bien sûr elle comprend bien son angoisse, toutes les questions qu'il se pose, mais elle a évalué à trente le nombre de fois où il s'est retourné dans le lit, à la manière d'un matefaim qu'on retourne dans une poêle ! Il est parti le matin sans rien avaler, le front plissé et les sourcils circonflexes, afin de garder ouverts des yeux auréolés de cernes bleuâtres.

À neuf heures pétantes, Martin se présente devant le secrétaire du notaire Ponsard de Charlot. Il le fait asseoir dans une pièce exiguë, attenante à l'accueil, depuis laquelle il entend tout. Ainsi maître Ponsard, quand il arrive à neuf heures huit en son étude, demande-t-il à son secrétaire d'amener « l'objet » dans son bureau. Martin entend le va-et-vient et les portes qui se ferment, et c'est le clerc, dans le bureau duquel Martin a cru comprendre que son coffre était entreposé, qui vient le chercher à neuf heures seize et lui demande de le suivre : « Bonjour monsieur Moreau, Maître Ponsard va vous recevoir ! »

Maître Ponsard, un petit homme rond aux favoris fournis poivre et sel, vêtu d'une redingote croisée gris sombre à la pochette de soie rouge, l'attend devant son bureau, le salue avec déférence et le fait asseoir. Sur l'instant Martin ne voit pas le clavecin, posé sur une table située de trois-quarts dos par rapport à son siège, mais il ne résiste pas, pendant que le notaire fouille dans une épaisse chemise, à balayer la pièce du regard. Le voilà rassuré. Maître Ponsard entame une lecture fastidieuse d'un acte, qu'il a rédigé pour l'affaire, et lui explique que l'entretien qu'ils vont avoir lui permettra de conclure l'enquête qui est faite sur : « un objet à usage de coffre représentant un modèle réduit de clavecin et dont l'examen n'a pu se faire à ce jour, faute de posséder la combinaison qui permet son ouverture… » Martin est muet comme une carpe pendant que maître Ponsard entame la lecture d'un document qu'il nomme « pièce 12 » et qu'il explique ainsi :

« Voici la lettre ou plutôt le message que nous avons trouvé sur l'objet que vous affirmez avoir fabriqué pour madame Élise Gensac, peu avant son décès. Elle dit en substance, enfin… elle dit ! appuie-t-il, je ne sais pas pourquoi je précise en substance – l'homme sourit à peine –, oui je sais pourquoi je dis « en substance », c'est qu'elle est écrite si mal que nous avons eu du mal à la lire nous-mêmes, elle dit donc : « Je me sens bien mal, si je ne passais pas la nuit, une seule personne saura ouvrir ce coffre à secret. Elle se reconnaîtra… » Après examen de plusieurs documents de la main de madame Gensac, et comparaisons avec celle-ci, l'auteur a bien été authentifiée, et il s'agit bien de madame Gensac. Nous ne voyons pas qui d'autre que vous pourrait connaître le secret de son ouverture… à moins que vous ayez sous-traité le mécanisme ?

– Oh monsieur ! c'est bien moi qui ai tout réalisé, revendique Martin, de A jusqu'à Z, et je peux bien sûr l'ouvrir !

– Eh bien, parbleu ! Montrez-nous ça ! sans attendre ! »

Et tous deux approchent du magnifique clavecin. Martin est si heureux de le revoir enfin, de le toucher, que son regard se brouille un instant. Il prend une grande inspiration, regarde maître Ponsard avec suspicion – n'a-t-il pas promis de ne jamais délivrer le secret ? –, et lui demande : « Seriez-vous musicien, maître ? » L'autre est interloqué et, amusé, lui répond : « Oh que non ! Je serais bien en mal, haha ! ». Alors Martin devant le petit clavier joue avec promptitude les sept notes magiques et le couvercle tressaille, se déverrouille et se soulève, comme il se doit, juste de son épaisseur. Maître Ponsard hoche tête et sourcils et lâche dans un rire retenu : « Joli ! » Après un temps : « Très bien, vous pouvez vous asseoir, je viens… »

Martin regagne son siège et en s'asseyant se retourne et voit maître Ponsard soulever le couvercle. Puis il fixe le fauteuil du notaire face à lui, observe en connaisseur son bureau et ne résiste pas à ce geste réflexe du professionnel qui lui fait passer la main sous la traverse de façade pour en examiner la finition. Maître Ponsard le rejoint une enveloppe à la main, lui semble-t-il, et Martin pense : « Enfin mon paiement, je savais que cette dame était honnête. Ou une reconnaissance de dette… »

Maître Ponsard ouvre l'enveloppe, en tire une feuille qu'il déplie, la parcourt pendant de longues secondes et sans frémir, sans bouger une oreille, lève les yeux et dit à Martin : « Excusez-moi, je découvre, forcément, presque en même temps que vous ! Je vais donc vous lire ce que cette lettre dit, elle est bien sûr de la main de madame Gensac : « Monsieur Moreau, Si vous lisez ceci, c'est que je ne suis plus de ce monde. Merci pour votre magnifique travail, ce coffre et tout ce qu'il contient vous appartient ! Je n'ai pas d'héritier, il vous revient donc… Élise Gensac. » Un tressaillement parcourt Martin de la tête au pied. Puis il se fige, l'esquisse d'un sourire aux lèvres, tel un bouddha d'airain.

Maître Ponsard, sans même le regarder, retourne l'enveloppe et continue de lire : « Au 14 octobre 1863 – il y a donc environ un an, précise-t-il : 50 pièces de 100 Francs Or Napoléon III 1857, 28 pièces de 50 Francs Or Napoléon III 1859, 1 bracelet or et émail noir, 1 broche en or Jaspe sanguin diamants et perle, 1 bague or et porcelaine émaillée, 1 bague camée or et perles de corail, 1 paire de boucles d'oreilles diamants, 1 collier or perles et diamant. »

Maître Ponsard lève enfin les yeux, et dans un sourire un peu contraint : « Vous voilà bien payé, parbleu ! » Il sort de sa pochette le mouchoir de soie rouge et s'essuie le front, tout perlé de vapeurs.

Peu de temps après, Martin Moreau fit ouvrir une belle vitrine au fond capitonné de soie ; y trôna, tout au long de sa carrière, le clavecin, ouvert, de madame Gensac. Ainsi ne trahit-il jamais le secret. Chaque matin et chaque soir, en manœuvrant le lourd volet qui protégeait la vitrine, il prit le temps de regarder, avec un profond respect, passer l'ombre de sa bienfaitrice.

Trois contes d'ailleurs…

Une pièce en or

Smayl est un excellent joueur de oud – il a pourtant appris seul cet instrument, hérité de son père qui n'en faisait rien – mais sa condition est depuis toujours si misérable qu'il n'a jamais pu en jouer que dans la rue : assis par terre, les jambes en tailleur, le dos collé aux murs des rues étroites, au cœur desquelles son oud résonne autant qu'il le souhaite, mais elles sont si peu fréquentées ; ou au contraire au milieu de places bondées, dans le brouhaha incessant des marchands racoleurs, entre les cris des harangueurs et les jacasseries continuelles. C'est déjà une prouesse de se faire une place parmi ses semblables, saltimbanques de même rang que lui : les jongleurs, les acrobates, les charmeurs de serpents, les magiciens, sans compter les autres musiciens qui, tous, veulent se faire entendre et se couvrent les uns les autres. Il se met à l'écart mais peu de passants lui prêtent attention et prennent le temps d'écouter la musique délicate de ce virtuose ; encore moins nombreux sont ceux qui daignent jeter une pièce dans sa coupelle ; il la protège des malveillants au creux de ses jambes, croisées en tailleur. La mettre plus loin c'est risquer qu'elle soit renversée ou dérobée par des enfants qui s'enfuient et se fondent dans la foule, aussi prompts qu'une envolée de passereaux. Aussi, Smayl voit-il sa pauvre vie comme une fatalité, et son art n'est rien d'autre dans son esprit qu'un simple prétexte à la mendicité.

Pourtant, ce matin un vieil homme au regard bienveillant s'arrête et l'écoute, attentif. Il reste un grand moment. Sensible à sa musique, l'esquisse d'un sourire illumine tout son visage ; quand Smayl lève les yeux et le regarde, l'homme l'encourage en acquiesçant de la tête. Pendant près d'une heure il demeure là, unique spectateur mais, pour la première fois, Smayl a l'impression de vivre son art.

Alors qu'il s'arrête pour reposer ses doigts et prendre une gorgée d'eau, le vieil homme sort une pièce d'or de sa bourse, sans la montrer, se penche et la pose sans bruit dans la coupelle. Alors il s'accroupit tout près de Smayl et dit :

« J'aime beaucoup ta musique, et tu n'es pas loin d'émerveiller le monde grâce à elle. Mais entend : ça n'est pas une pièce d'or que je te donne mais la source d'une fortune que tu n'imagines même pas...

– Comment ? demande Smayl, en clignant des yeux dix fois quand il découvre la pièce, persuadé de rêver.

– Tu as bien entendu : la source d'une fortune que tu n'imagines pas ! insiste le vieil homme, mais attention ! ne tarit jamais la source car ta fortune fondrait comme le suif à la flamme ! » Sans prononcer un mot de plus, il se redresse et s'en va.

Smayl inspire alors une grande bouffée d'air et avec elle tous les parfums du souk se mêlent pour envahir son esprit et ses sens. Oui, c'est la faim qu'il veut combler avant tout et il se voit achetant les beignets, les poissons et les viandes en tajine, en choisir les épices, mordre dans les gâteaux au miel et aux amandes pour lesquels il donnerait parfois son oud tant il rêve du nectar doré. Doré comme sa pièce ! Mais lui revient soudain l'injonction du vieil homme « … ne tarit jamais la source car ta fortune fondrait comme le suif à la flamme ! » Faut-il y croire ? Et quand viendrait cette fortune, si elle vient ? Sa coupelle est vide et il a si faim !

À cette heure, il n'a droit qu'à une autre gorgée d'eau, aussi reprend-il son instrument en pensant : « À quoi bon une pièce d'or dans la poche si je ne dois pas la dépenser ? »

Mais l'émotion est là, entre bonheur et perplexité : un homme semble apprécier sa musique, lui a promis la fortune… Il se met alors à jouer, tout empreint d'une douce mélancolie ; pensif, mais l'esprit libéré du poids de son indigence, il se laisse guider par son instinct ; lui vient un air triste mais hypnotique, une improvisation si belle, si mélodieuse, qu'elle captive sur l'instant tous ceux qui passent devant lui. Beaucoup font quelques pas sur leur lancée et reviennent ; tous écoutent avec émotion et finissent par mettre la main à la poche, par délacer leur bourse. Aux notes mélancoliques succède la joie, à la joie l'allégresse et les danses, son oud s'enflamme, réchauffe les cœurs et les esprits. Deux heures comblées de notes enchanteresses se sont écoulées lorsqu'il vide pour la troisième fois sa coupelle débordante de belles pièces !

Smayl ne sait que penser. Malgré la somme rondelette gagnée en peu de temps, il n'ose encore croire vraiment aux paroles du vieil homme ; tant d'années de dénuement meurtrissent l'esprit autant que le joug peut meurtrir la chair : elles ne peuvent s'effacer en un jour.

Par contre il sait ce qu'il fera ce soir et cette nuit : déjà il s'attable à la terrasse de la pâtisserie la plus proche, commande un plateau de délicieux gâteaux au miel et aux amandes et les accompagne d'un thé à la menthe brûlant. Puis il court acheter une djellaba et des babouches neuves, un chèche ; il s'achète même un minuscule tabouret : il n'aura plus à s'asseoir à même le sol. Un luxe ! Le soir, il décide de prendre une chambre confortable dans une pension, avec bain, et se couche le ventre tendu comme une peau de darbouka, repu d'un tajine de mouton aux fèves et aux raisins de Sultane. Quand il regarde dans ses poches, certes il a payé sa chambre d'avance mais il n'a plus un sou. Juste la pièce d'or, sa fortune… et son oud !

Il a dormi comme un bienheureux. Il ne savait pas ce qu'était un bon matelas, poser les pieds au lever sur un tapis moelleux, une peau de mouton. « Et si je ne pouvais pas revenir ce soir ? » Dans le doute il se recouche quelques instants et se relève une seconde fois, juste pour sentir à nouveau le velouté de la laine sous les orteils. Il s'offre un massage grâce à quelques pas, pieds nus sur l'épaisse toison, s'étire, bâille, s'étire encore, bâille, et se résout à partir, s'estimant bien servi pour le prix payé. Lorsqu'il saisit son oud, sa seule idée est de retrouver la place qu'il occupait la veille. Il se l'avoue, c'est un peu de la superstition, mais n'est-ce pas qu'il commence à y croire ?

L'endroit est libre. À peine entreprend-il de jouer que les passants s'arrêtent – certains du quartier sont revenus qui l'écoutaient hier. Le succès est égal, et d'autres artistes viennent le voir, d'abord par jalousie, stupéfaits de l'attroupement qu'il provoque, mais ravalent leur ressentiment, subjugués par un tel talent ; on ne peut plus circuler, des gardes du roi, venus mettre de l'ordre, restent plantés là, sous le charme de sa musique. Après deux heures de concert, cette fois c'est à quatre reprises qu'il a vidé sa coupelle et ramassé les pièces, répandues tout autour, qu'elle ne contenait plus !

Rougissant sous les applaudissements, il se lève et salue. Alors, un homme sort de l'attroupement, vêtu de riches étoffes, tous les doigts bagués et la barbe tressée autour d'un fin jonc d'or ; deux hommes armés d'une falcata[1] à la ceinture lui ont frayé un chemin jusqu'à Smayl et se tiennent à présent derrière leur maître – exposer ainsi sa richesse nécessite de posséder des gardes du corps car toutes les rues ne sont pas sûres… L'homme lui dit :

« Viendrais-tu jouer de ton instrument chez moi ? Je suis Arif ibn al-Faouzi. Je possède le plus grand cabaret de la ville et même Badr-Eddine, notre roi bien-aimé, me rend visite régulièrement… »

Smayl n'en revient pas : « La pièce d'or… ce n'est donc pas une fable que m'a contée ce vieil homme ! »

---

[1] La falcata est un type d'arme blanche, de forme courbe, se rétrécissant près de la garde.

et il s'empresse de palper à sa ceinture le gousset réservé à sa pièce : son talisman à présent.

Au cabaret Qasr Alhamra', Smayl est devenu la tête d'affiche incontestée. Tous les soirs il attire les riches marchands, tous les notables de la ville. Le roi, averti par la rumeur, s'est empressé de venir l'écouter, accompagné des plus riches courtisans ! Arif ibn al-Faouzi paye Smayl grassement depuis ses débuts ; mais le musicien a très vite appris l'art de la négociation : par deux fois déjà, il a réclamé un cachet supérieur, arguant la première fois que les spectateurs, de plus en plus nombreux, se bousculaient pour rentrer, que bon nombre restaient dehors faute de place ; la deuxième fois, lorsque le roi l'a fait appeler pour l'encenser, Arif n'a pas pu assister à la conversation, retenu par une bousculade à l'entrée. Aussi Smayl a-t-il prétendu que le roi lui avait proposé de devenir premier joueur de oud de la cour. Arif a cédé aussitôt et a presque doublé son cachet pour le retenir !

Très vite, Smayl, le petit musicien mendiant, a rejoint le clan très fermé des notables de la ville. Cette fois, c'est vrai, il peut le clamer haut et fort : Badr-Eddine lui a demandé de jouer à la cour. Il accompagne les danseuses, les poètes et les conteurs de tous ses repas, égaye les banquets et les fêtes du palais royal. Avant de jouer il sort toujours la pièce de son gousset, la regarde, s'imprègne de sa magie, rend grâce à son bienfaiteur et entre en scène. D'autres musiciens sont là mais il est bien le favori :

par son jeu si particulier, il sait toucher le cœur du roi et en quelques semaines se retrouve couvert d'or, devenu l'un des tous premiers courtisans ! Pour ne pas abandonner Arif, Smayl joue encore en matinées dans son cabaret, lorsque Badr-Eddine est pris par les affaires du royaume. Ainsi, toute la ville est satisfaite.

Les mois ont passé. Les meilleurs artisans du royaume ont construit pour Smayl un véritable petit palais, orné de mosaïques, de marbres colorés, de verdures peintes sur les enduits fins, de tapisseries chatoyantes ; des céramiques colorées et des vaisselles fines sur des plateaux d'argent attendent dans chaque pièce, toutes garnies de coussins soyeux disposés sur des tapis moelleux. Des jardiniers entretiennent son magnifique jardin et une palmeraie dispense une ombre dense ; des fontaines chuchotent et rivalisent de fraîcheur ; une volière immense compte certains des oiseaux les plus rares et, dès que Smayl emprunte les allées de son petit éden, un couple de servals domestiqués vient ronronner et se frotter à ses jambes.

Smayl organise lui aussi des fêtes dans son petit palais. Après ses concerts, il convie souvent ses amis musiciens. Les rires et les danses rythment les heures jusqu'au petit matin. Cette nuit-là, Smayl a tant dansé et tourné au son de la kamanja, de la zourna et du guembri, sur la cadence endiablée de la taârija et des roulements de darbouka qu'il est rentré dans une transe jamais éprouvée auparavant. Quand il se réveille, le soleil est déjà haut et il ne se souvient que de bribes de sa soirée. À peine se souvient-il qu'elle a eu lieu chez lui et c'est le grand désordre dans sa demeure qui le lui rappelle. Il se dépêche de reprendre ses esprits car un concert particulier l'attend : Badr-Eddine a invité la reine Nariman du royaume de Rimal ! La rencontre est d'une grande importance, laisse espérer des épousailles et la fusion des deux royaumes. La rumeur dit de cette reine qu'elle est très belle mais aussi très exigeante...

Après quelques ablutions, il revêt sa plus belle tenue de scène. En s'habillant il tâte son gousset à la ceinture : sa pièce est bien là, elle ne le quitte jamais. Il choisit dans sa collection les deux ouds qu'il jouera aujourd'hui et s'empresse de rejoindre le palais royal.

Ce jour est décisif, capital. Depuis l'annonce de la visite de Nariman, les préparatifs battent leur plein et la mise en scène est fastueuse, l'apparat au-delà de tout ce qu'il a vu dans le palais jusqu'ici. Mais il s'aperçoit soudain que son heure d'arrivée est bien tardive, il a juste le temps de se préparer car la reine Nariman est là depuis bien longtemps et le programme est déjà bien avancé. Alors commence le rituel : comme tout artiste il se concentre, le trac le submerge mais il sait comment prendre confiance, il sait qu'au moment de rentrer face aux deux monarques, le seul regard qu'il jettera sur sa pièce lui fera tout oublier : seuls son instrument et sa musique compteront. Il est prêt. D'autres musiciens jouent leurs dernières notes. C'est le moment de sortir la pièce de son gousset, de la serrer très fort, d'ouvrir la main pour que ses yeux se ravissent, le transportent ; le moment de bénir, toujours avec les mêmes mots, le vieil homme qui lui a fait ce don :

« Aaaaah… par Ammon ! mais ce n'est pas ma pièce ! » hurle-t-il – tout le palais semble se figer, même Badr-Eddine a entendu et se retourne – Smayl est effondré et ses pensées défilent : « Qui a osé ? Qui a osé remplacer ma pièce d'or par une pièce ordinaire ? Qui m'a volé ? Qui a volé mon talisman, le sel de mon talent ? » Pendant quelques instants il pense à retourner chez lui : « Ce n'est pas possible, elle a dû tomber, rouler… » mais qui aurait remplacé sa pièce par une autre ? « Non ! J'ai forcément été volé, que le voleur soit maudit et que la colère des dieux et de tous les démons s'abatte sur lui ! »

Or le grand intendant, qui règle les festivités, ne fait aucun cas du désarroi de Smayl, le saisit et décide de le pousser sans ménagement jusqu'au moment où, Badr-Eddine et Nariman le voyant apparaître, reculer ne sera plus possible ! Mais son trouble est si grand et l'intendant si brutal que Smayl trébuche au seuil de son entrée, se rattrape avec peine au bout de quatre enjambées périlleuses ! Il ne doit de ne pas s'étaler de tout son long qu'à son oud qu'il utilise comme une canne ! Alors Nariman se met à rire sans retenue et commente, croyant qu'il s'agit d'un bouffon :

« Enfin un peu de divertissement ! Assez de musique, rions !

– Mais non ma reine, est contraint de préciser Badr-Eddine, je te promets le plus délicieux moment de musique que tu n'as jamais vécu ! Smayl est mon joueur de oud favori, il va t'enchanter… Nous enchanter ! » appuie-t-il, et il lui adresse son sourire le plus engageant en papillotant des cils.

Il faut croire que, pour s'occuper de son voleur, les dieux ont abandonné Smayl ; que les démons en ont profité pour l'accabler et attiser les flammes d'un enfer de détresse et de confusion ; que la mise en garde de son bienfaiteur valait autant que la promesse d'une grande fortune : obnubilé par la perte de sa pièce d'or, Smayl perd aussi tous ses moyens, son talent l'abandonne, l'inspiration n'est pas là, ses mains moites tremblent et glissent, son front s'enfièvre, la sueur goutte, pique les yeux et brouille son regard ; des images aussi lointaines que celle de son père lui donnant son instrument le relèguent au rang de débutant ; une vision l'obsède : son petit palais n'est fait que de suif et fond déjà au soleil ! Sa fortune !

Son récital est d'une platitude consternante, son jeu indigne de la cour d'un roi. Pire : Nariman est prise d'un fou rire, Badr-Eddine s'encolère, s'étrangle et vire au cramoisi !

La suite est bien triste : Smayl dût la vie sauve à Arif ibn-al Faouzi, qui supplia la clémence du roi – il se garda bien de dire qu'il le remettrait ainsi à l'affiche de Qasr Alhamra' – mais le déshonneur d'un roi ne se paye pas un si bas prix. Badr-Eddine fit enfermer Smayl dans les geôles du royaume et ne le gracia, avec d'autres, qu'au bout de trois années, au jour de ses épousailles, enfin conclues avec Nariman.

Contraint à la mendicité aux premières heures de sa libération, il revit le vieil homme qui lui fit don de la pièce d'or. Après que Smayl lui eût raconté sa fortune et sa chute brutale, le vieil homme lui dit :

« En te donnant cette pièce d'or, c'est la foi en toi-même que je comptais sceller. Ainsi ta foi était-elle la source à ne pas tarir, quand toi tu n'as cru qu'à une pièce d'or. Mais retiens bien : le symbole n'est jamais la chose, pas plus que la statue n'est l'homme qu'elle représente. Tu sais à présent ce que la foi peut te donner mais que la perdre peut t'anéantir... »

L'histoire ne dit pas si Smayl eut besoin d'une seconde pièce d'or pour retrouver la foi, mais les notes de son oud résonnent toujours dans les rues et les places de la ville.

L'esprit-tigre de Wang-Meng

Les anciens sont réunis sous la maison de Koob-Meej, le chef du petit village Hmong, quelque part dans la jungle des hauts plateaux du Laos. L'heure est grave : un tigre est sorti de la jungle à plusieurs reprises ; il a d'abord fait mine d'attaquer – les hommes étaient proches de la lisière, plus ou moins groupés et ils ont pu faire fuir la bête – mais hier, le tigre a tué !

Ils étaient deux villageois, Tooj et Choj, attardés dans la petite rizière – le soleil se couchait et la soirée s'annonçait paisible si l'on se fiait aux cris et aux chants de la jungle. Le tigre est arrivé dans leur dos, silencieux, et il ne lui a fallu qu'un bond pour atteindre Tooj, le plus proche. D'abord paralysé par le feulement derrière lui, Choj, lorsqu'il s'est retourné, a vu le tigre attraper son ami dans la gueule, l'emporter, pantelant – déjà mort ou inconscient –, et s'enfoncer dans la jungle.

Une battue a été organisée dès qu'il a rapporté l'événement : tous les villageois sont partis en frappant avec force sur des casseroles avec tous les outils disponibles ; le maigre espoir qui leur restait était de rattraper le tigre pour qu'il abandonne son sinistre butin, et ainsi offrir des funérailles dignes au malheureux[1]. Rien, aucune trace, sinon les empreintes impressionnantes au sortir de la rizière. Selon Choj, la bête, un mâle très vigoureux, emportait sa proie sans montrer le moindre effort : « Il aurait pris sans mal un deuxième homme dans sa gueule, son allure n'aurait pas varié ! »

Koob-Meej prend la parole : « Ce malheur nous enseigne que nos champs et nos rizières ne devraient pas approcher autant la lisière de la jungle. Nous devons soit réduire les surfaces, soit déboiser une large bande qui ne sera pas cultivée. Car maintenant ce tigre connaît le goût de l'homme, il aura pris confiance et reviendra nous châtier, désarmés que nous sommes. »

Un vieil homme prend alors la parole :

« C'est vrai, j'ai pu voir moi-même ses empreintes : j'ai compté cinq doigts et je l'ai vérifié sur plusieurs d'entre elles. Ce tigre est donc doublement sacré : parce qu'il est tigre, mais de plus la griffe supplémentaire prouve qu'il est habité par une âme errante.

— C'est certain, abonde Koob-Meej, si ce tigre est sorti c'est bien qu'une âme s'est emparée de lui ;

---

[1] La tradition veut que le défunt soit momifié et reste présent dans la famille jusqu'à ce que celle-ci puisse payer des funérailles souvent grandioses, avec un grand nombre d'invités. Au cours de la cérémonie des sacrifices d'animaux ont lieu (buffle, cochon...)

il nous faut absolument connaître de qui parmi nous[1] provient l'âme qu'il incarne, nous pourrions ainsi agir de manière à ne plus la contrarier. Il s'agit sans doute de quelqu'un de souffrant... »

Au-dessus de la petite assemblée, Lia a retiré le gros nœud du bois sur une lame de plancher : le trou permet de regarder sous la maison, bâtie sur pilotis. Lia est le jeune fils de Koob-Meej et Ying. Il n'a que dix ans, mais il est fort intéressé par ce qui se raconte.

Un autre homme poursuit :

— Nous avons recensé trois malades en ce moment au village. La tâche ne sera pas facile : Wang-Meng notre homme-médecin est par malchance un de ces trois malades. Il ne peut plus nous soigner, plus un son ne sort de sa bouche depuis dix jours. Il est devenu véritablement muet !

— Pour cette raison nous devons aller chercher un autre homme-médecin, affirme Koob-Meej. Je partirai demain car il me faut aller jusqu'au village de Keo Song Lay. Il n'y en a pas de plus proche...

---

[1] Pour les Hmong, il y a 12 âmes en chacun – les trois principales sont l'âme de réincarnation, l'âme résidante et l'âme errante. L'âme de réincarnation quitte le corps à la mort et renaît dans le corps d'un autre être. L'âme résidante reste avec le corps pendant qu'il se décompose et devient l'esprit ancestral que les descendants vénèrent et auquel ils rendent hommage. L'âme errante quitte le corps pendant les rêves ou pour jouer avec d'autres âmes ou esprits. Si elle a peur, l'âme errante peut être perdue dans le monde des esprits. À la mort, l'âme errante quitte le corps et retourne dans le monde des esprits ; elle continue d'y vivre la vie comme elle le faisait dans le monde physique. Tout au long de la vie, les âmes errantes peuvent quitter le corps et provoquer maladie, mort, mésaventure, transfiguration...

– Oui, c'est notre seule issue, reprend le vieil homme, si nous ne rappelons pas cette âme il reviendra nous châtier jusqu'à ce que nous ayons compris ce qu'il veut obtenir ! »

Tôt le lendemain, Koob-Meej est parti avec tout ce que les villageois ont pu donner pour convaincre l'homme-médecin de se déplacer au plus vite. L'inquiétude est sur tous les visages car avant le retour de Koob-Meej plusieurs jours pourraient s'écouler. Mais tous savent que seul un homme-médecin à le pouvoir de convaincre les esprits et les sorciers ; le seul espoir de retour des âmes passe par lui.

❧

Trois longues journées se sont écoulées avant le retour de Koob-Meej, au soir. Le village se rassure : l'homme-médecin est avec lui et son fils est venu l'aider. Cependant, dans l'attente, les villageois déplorent la perte d'un buffle, égorgé le premier soir, et la disparition d'un cochon, emporté le deuxième soir. Personne n'a rien vu, rien entendu ; chacun est sur ses gardes, plus personne ne traîne à l'extérieur, si ce n'est en groupe, le plus resserré possible. Mais toujours les mêmes traces : cinq griffes !

❧

Il faut croire que la présence de l'homme-médecin apaise déjà quelque peu l'esprit-tigre : il ne s'est rien passé cette troisième nuit.

Au petit matin tout est calme dans le village, mais ce n'est qu'en apparence. Sous la maison de Koob-Meej on s'affaire à préparer la cérémonie. L'homme-médecin a voulu que les malades soient regroupés sur un seul lieu. Un autel a été installé sur lequel sont déjà disposés tous les instruments : le gong ; le hochet ; la demi-corne de buffle ; l'épée ; un bol d'eau consacrée ; un bol de riz cuit ; un brûloir pour l'encens d'écorce d'arbre bong ; un bol de riz cru avec des œufs…

Au même moment, dans chaque maison chacun revêt ses plus beaux habits en l'honneur de l'homme-médecin. Tout le monde veut savoir, tout le monde veut être présent. Seul Lia est absent : il a discrètement regagné son point d'observation par lequel il est sûr de tout voir mieux que quiconque – une vue imprenable ; et tout est tellement plus amusant de là-haut !

Les trois malades recensés à ce jour sont alignés entre deux pilots. Ils seront soignés l'un après l'autre. Une chèvre est attachée. Elle appartient à Wang-Meng qui l'offre en sacrifice pour sa guérison. En effet, depuis plus d'une semaine l'homme semble avoir perdu l'usage de la parole : il voudrait parler mais ne peut pas prononcer un mot, pas un son ne sort de son gosier. Tout le village est fort intrigué par le silence de celui qui les soigne depuis si longtemps.

Les parents des deux autres malades ont amené un coq et un dindon. Les villageois se sont attroupés tout autour de la maison et les murmures vont bon train jusqu'à ce que l'homme-médecin arrive.

Un grand silence se fait. Il est vêtu d'amples habits noirs, une soie brodée, la tête ceinte d'un cercle de métal enserrant la toile rouge qui lui cache le visage. On l'entend maintenant secouer son hochet, un grelot pris dans un anneau, et tout de suite derrière lui, son fils s'est saisi du gong qu'il martèle de coups réguliers. Puis l'homme-médecin entonne un chant, très vite cadencé par un halètement guttural. Les œufs sont bénis ; l'encens se consume ; il s'incline au-dessus du bol et respire plusieurs fois, entre son visage et la toile, la fumée qui s'en dégage.

La transe de l'homme-médecin est profonde. Elle agite ses bras et sa main secoue le hochet avec vigueur. Tous le regardent et l'écoutent incanter les esprits. Il s'approche du premier malade : celui-ci souffre d'une fièvre. La main libre plane au-dessus du corps, de tout le corps. Après un long moment et maints palabres avec les sorciers – c'est ainsi qu'il les nomme –, dans une sorte d'accalmie, il retourne vers l'autel, saisit la demi-corne de buffle et la jette derrière lui, la faisant tournoyer par-dessus son épaule. Un bruissement parcours l'assemblée, certains se frayent un chemin pour lire le verdict de la corne, ils veulent voir par eux-mêmes : elle est dans le sens requis, le creux regardant le ciel, l'âme est donc libérée ! Il est temps de libérer les âmes d'un animal de ce monde : le dindon sera le premier sacrifié, les esprits l'ont accepté en monnaie d'échange.

Un autre long moment s'écoule durant lequel l'homme-médecin, redescendu de sa transe, se repose sur un banc. Puis, il semblerait que tout devienne plus facile ; le voilà qui soigne le deuxième malade : une toux de poitrine. Le rituel est plus court, les esprits semblent plus ouverts. Une deuxième fois la demi-corne est jetée et la guérison s'annonce. Le coq est immolé. Deux guérisons sont ainsi promises. Les villageois ne peuvent cacher leur joie, elle se lit sur les visages éclairés d'yeux brillants. Les visages crispés du début se détendent et les regards complices se félicitent de la célébration.

C'est au tour de Wang-Meng. Il est rare de voir un homme-médecin en soigner un autre. La curiosité de l'assemblée s'aiguise d'autant.

Les gestes paraissent immuables, identiques à ceux dévolus aux premiers malades. Sauf que les palabres n'en finissent plus, entrecoupés de moments d'écoute attentive de la part de l'homme-médecin. Les regards adressés à Wang-Meng semblent parfois demander de l'aide mais, quand il voudrait y répondre, sa bouche n'est que contorsions, et ses yeux, impuissance.

Le dialogue avec les esprits semble sans issue et quand la demi-corne est lancée, on remarque dans le geste une idée de désinvolture : elle retombe creux contre terre !

Le silence est pesant. Chacun a retenu son souffle et retient ses exclamations.

Une volée de bergeronnettes parcourt l'atmosphère.

L'homme-médecin s'approche alors de Koob-Meej et admet son impuissance à soigner Wang-Meng :

« Les sorciers ne veulent rien entendre. Ils affirment qu'il faut aller à la rencontre du tigre ; que le tigre peut prendre voix humaine, celle qui manque précisément à Wang-Meng. Ils ont désigné « l'œil du ciel » pour parler avec lui – il montre le plancher de la maison. Celui qui nous observe est le seul capable de faire revenir l'âme errante de Wang-Meng… »

Koob-Meej regarde le plancher et comprend. Pourquoi Ying ou Lia les observerait de là-haut ? Il cherche dans l'assemblée, s'impatiente et veut en avoir le cœur net : il laisse tous les villageois, stupéfaits, monte en courant et découvre Lia, se relevant à peine.

Il redescend avec lui. Sa main pince la nuque du garçon, tout penaud, et le presse d'avancer. Il interpelle l'homme-médecin :

« Tu ne peux pas soigner Wang-Meng et Lia, un enfant, y arriverait ? Il a à peine dix ans ! et personne ne l'a initié. Qui irait négocier avec un tigre mangeur d'homme ?

On entend quelques rires dans la rumeur des commentaires étouffés.

— Je ne fais que te rapporter le message des esprits... »

Désemparé, Koob-Meej va au-devant de Wang-Meng pour le questionner mais se ravise : dans son émoi il a oublié quelques instants son mutisme ; d'ailleurs l'homme ne cherche plus à parler, il a le visage cramoisi de confusion. Alors, fort de son rôle de chef du village, Koob-Meej déclare :

« Quand un homme-médecin ne peut rien, il faut en trouver un autre. C'est ainsi depuis toujours ! Nous prendrons le temps qu'il faudra et jusque-là nous aurons la prudence nécessaire ! »

Les murmures se dispersent et s'éteignent, les villageois retournent chez eux. Lia reste seul avec son père et sa mère, sous la maison. Il écoute :

« Je sais que tu as tout entendu et je sais aussi que tu n'iras jamais commettre cette folie ! Que je sache, tu n'as jamais été initié et tu es encore jeune pour recevoir les dons ! L'homme-médecin que nous avons appelé ne peut pas tout soigner, tu le vois bien ! et je ne vois pas pourquoi les esprits lui auraient demandé une chose pareille. »

Lia regarde son père avec respect et ne sait que répondre. Koob-Meej s'adresse maintenant à Ying :

« Il faudra que je parte beaucoup plus loin chercher un homme-médecin capable de soigner Wang-Meng. Sept jours, peut-être plus. Lia reste avec toi, il ne doit pas bouger. »

Dès le premier jour, les villageois qui travaillent aux champs et dans les rizières aperçoivent le tigre en lisière de la jungle. Il les regarde et semble évaluer ses chances de saisir l'un d'eux. Mais les villageois préfèrent encore le voir, et craignent bien plus les moments pendant lesquels il n'apparait pas : le tigre se tapit lorsqu'il chasse ; il surgit toujours et donc par surprise, à moins qu'il ne soit surpris lui-même. Depuis l'échec de l'homme-médecin, ça n'est plus un animal auquel ils ont affaire car pour tous il est devenu l'esprit-tigre : l'esprit-tigre de Wang-Meng. Mais personne ne comprend pour quelle raison l'âme de leur homme-médecin a investi l'animal.

Puis la bête s'enhardit : au deuxième jour, une villageoise s'éloigne de son groupe et ne doit son salut qu'aux cris et à l'élan simultané de ceux qui ont aperçu le fauve, tapi à quelques mètres.

Le soir même, en l'absence de Koob-Meej, les anciens se réunissent et décident que le village chômera jusqu'au retour de leur chef. L'esprit-tigre semble bien trop décidé pour faire courir des risques à quiconque.

Le lendemain, la nouvelle est bien accueillie, pourtant l'angoisse règne davantage que les jours précédents : l'inaction libère l'imagination et certains craignent la visite de l'esprit-tigre jusqu'au cœur du village.

Le quatrième jour, à l'aube, il a rôdé tout près des premières maisons. Les villageois sont terrifiés et les sorties deviennent rares.

Lia observe. N'est-ce pas ce qu'il fait depuis le début de cette histoire ? Et Lia prend conscience, devant la tournure que prend la situation, que ce besoin de voir et de comprendre n'est pas un hasard. Ce qu'a dit l'homme-médecin fait son chemin dans son jeune esprit : « Celui qui nous observe est le seul capable de faire revenir l'âme errante de Wang-Meng… » Les deux seuls mots qui tournaient dans sa tête depuis l'instant où il entendit prononcer ces mots étaient « Pourquoi moi ? » ; ils sont devenus « Pourquoi pas moi ? » alors qu'une force étrange sous la forme d'une petite voix obsédante semble venir argumenter un peu plus dans ce sens chaque jour. Comme tout enfant de cet âge qui rêve d'aventures et pénètre les rôles de ses héros, Lia s'imagine de mieux en mieux face à ce tigre. Serait-il le seul du village à ne pas en avoir peur ?

Ce cinquième jour, pour à peine quelques instants, la petite voix l'abandonne. Alors l'enfant découvre la jungle autour de lui, épaisse et luxuriante. Quelques instants de conscience ordinaire pendant lesquels il s'interroge sur sa présence à cet endroit. Il ne se souvient pas d'avoir quitté le village ! Cerné de lianes, d'hévéas et de bambous, il ne voit qu'un chemin possible, entre des arbres bong. Il l'appelle et lui désigne, droit devant, un puits de lumière : la canopée transpercée par un faisceau dense et irisé. Un pied d'arc-en-ciel ? Les couleurs s'estompent alors que Lia s'avance. Le saut d'un ruisseau dégoise quatre notes clinquantes pour nourrir un plan d'eau calme. Une onde légère vient mourir au pied de feuilles géantes et baigner les racines insatiables des fûts colossaux pointant le ciel. Lia cherche à se frayer un chemin – aller plus loin semble impossible – quand soudain une voix douce à l'accent débonnaire déclare dans son dos :

« Je suis l'âme de Wang-Meng. »

Lia n'a pas sursauté : il connaît cette voix. Sans être familière, elle lui évoque les intonations particulières des incantations de l'homme-médecin, l'humilité profonde qu'il observe lorsqu'il s'adresse aux esprits. Au contraire, Lia prend encore le temps de goûter aux charmes des lieux. Lia observe, écoute, il n'est que spectateur. La voix continue :

« Les esprits t'ont désigné pour me succéder et grand mal m'a pris de refuser l'initiation qu'ils m'ordonnaient de te donner. J'avoue avoir craint de ne plus être utile et ignoré leur volonté. »

Lia se retourne. Devant lui, couché au milieu du passage, le tigre est là, majestueux et paisible. Il ne lui inspire aucune crainte, pas un instant son cœur n'a résonné plus fort dans sa poitrine. Son visage ne montre aucune émotion. Il écoute la voix :

« Mon humiliation sera grande lorsque tous les villageois verront qu'un enfant m'a guéri, mais c'est le tribut que je dois pour ma faute. Alors les esprits libèreront les âmes de Tooj et je serai libre aussi. »

Lia sourit. L'issue lui semble heureuse.

Au crépuscule, Lia rentra dans le village, l'esprit-tigre marchant à ses côtés. Wang-Meng avait reçu de son côté l'accord des esprits : sa chèvre, attachée à un piquet, attendait son heure en chevrotant. Lia la libéra, le tigre s'en saisit et l'emporta dans la jungle. On ne le revit jamais.

La vraie nature du lycanthrope

En ces temps très anciens, dans de profondes forêts – très semblables à celles de Transylvanie, en Roumanie, mais cela n'a jamais été vérifié –, vivaient, proches les uns des autres et en bonne entente, cinq clans. En réalité, une seule peuplade, mais ces forêts étaient si denses et les clairières si rares que, la population grandissant, il fallait bien se répartir dans les éclaircies qu'ils pouvaient trouver. Mais pourquoi, me direz-vous, ne pas abattre des arbres et agrandir les espaces autant que nécessaire pour loger tout le monde ?

C'est que cette peuplade vénérait trois dieux, dont celui de la forêt et de tous les végétaux, qu'ils nommaient Fagzeu. Ainsi était-il interdit de bâtir en bois, et aussi bizarre que cela puisse paraître dans une forêt, toutes leurs huttes, circulaires, étaient montées en brique de pisé ; le toit – une forme de coupole clavée par une cheminée centrale –, était recouvert d'ardoises qu'ils façonnaient fort bien. Les portes et les ouvertures étaient fermées par de lourds rideaux en peaux de bêtes. Il ne cuisinaient et ne chauffaient qu'avec du bois mort et ne débitaient que les arbres foudroyés, considérés comme des présents, toujours opportuns, de Fagzeu.

Cependant aucun dieu de ce petit panthéon n'était à leurs yeux plus important qu'un autre. Ainsi Steazeu régnait-il sur le ciel et sur tous les astres. Tout aussi respecté, il pouvait indiquer le chemin aux chasseurs perdus, rompus à lire dans les étoiles entre les cimes des arbres ; renseigner sur les heures du jour, éclairer ou enténébrer les nuits au gré des cycles de sa lune ; dispenser l'eau vitale et la neige, mais aussi, lorsque Fagzeu le sollicitait, générer la foudre et le feu !

Leur troisième dieu se nommait Lupzeu, dieu du règne animal. Pour eux, il prenait la forme du loup. Le dieu-loup : le plus habile et le plus intelligent des chasseurs, l'éminent protecteur de la famille qu'il aimait comme sa meute ! Ainsi ne fut-il jamais question de chasser les loups et l'on ne connut jamais d'attaque sur l'homme, et encore moins sur des enfants. Un respect mutuel immémorial permettait une cohabitation sans faille. Sans que ce dieu ne dominât les autres, les cinq clans entretenaient avec lui un rapport particulier ; sans doute voyaient-ils dans le loup une manifestation concrète, vivante, de Lupzeu. Les rencontres fortuites avec l'animal laissaient toujours un sentiment de mystère. Ne manquait-il qu'un langage commun dans cette relation si particulière ?

Loin donc de se déchirer, ces dieux s'entendaient pour les grâces à accorder comme pour les châtiments qu'ils infligeaient. Ainsi faisaient-ils des créatures de la forêt leurs émissaires ou leurs espions. Fagzeu avait soumis les Entes : pas plus grands que deux mains, ils habitaient les arbres, s'y fondaient jusqu'à prendre la forme d'une branche, d'une liane ou d'un lierre, rendaient compte de tout ce qu'ils voyaient ; Steazeu commandait aux Zânadragons : perchés sur la canopée, leur souffle puissant pouvait écarter les cimes pour découvrir le ciel et permettre aux hommes de s'orienter ; enfin, Lupzeu se servait des loups : les hurlements les rameutaient et rappelaient aux hommes la cohésion nécessaire du clan.

Longtemps, les cinq clans vécurent en bonne entente en se partageant les vastes territoires et les ressources de la forêt. Les échanges furent nombreux et les unions respectèrent toujours la règle qui voulait qu'on n'épousât jamais un membre de son propre clan. L'entente devait être confortée par chaque nouvelle union.

Jusqu'au jour où un enfant naquit qui ne pouvait être que le fruit d'un couple illégitime. Sa mère s'appelait Alba, on ne lui connaissait pas de relation et n'en avoua aucune. À la naissance, l'enfant était anormalement couvert de poils, ses deux sourcils ne faisaient qu'un et son profil fuyait vers l'avant à l'excès, du haut du nez jusqu'au menton ; la chair sous ses ongles était rouge et dès qu'il ouvrit les yeux, on les vit luire, mordorés, dans la pénombre. Plus extraordinaire, il ne pleurait jamais mais hurlait la nuit venue, à la manière d'un louveteau, en montrant un état d'agitation et une vigueur inhabituels chez un enfant.

Quelques-uns du clan prirent la défense de sa mère et affirmèrent qu'il était une incarnation de Lupzeu, que le dieu lui-même avait partagé la couche d'Alba. D'autres contestaient toute intervention divine et réclamaient l'aveu d'une relation coupable avec un loup, ou un chien ; certains imaginaient le père comme un membre de la famille d'Alba. Dès que la nouvelle parvint aux oreilles des autres clans, tous menacèrent de rompre leur alliance si le monstre n'était pas mis à mort. Pour la première fois de leur histoire, l'entente fut compromise, et le clan fut isolé pour avoir enfreint les lois ancestrales. Les jours passèrent et les nuits résonnèrent des hurlements de l'enfant ; tant et si bien que même ceux du clan d'Alba finirent par se dresser contre la mère pour réclamer sa disparition.

Dès le lendemain, l'enfant fut enlevé – du moins le pensait-on – et il ne vint à l'idée de personne d'accuser quiconque : la paix serait ainsi garantie. D'ailleurs, depuis ce jour, Alba opposait un mutisme total ; on ne la vit jamais s'inquiéter, ni même partir à la recherche de l'enfant. En quelques jours, les innombrables jacasseries et suppositions épuisées, le calme revint dans les esprits.

Pour peu de temps car dès la pleine lune suivante tous entendirent à nouveau le hurlement de l'enfant. Les semaines, les mois puis les années passèrent. Beaucoup trouvaient anormal qu'aucun loup ne répondît jamais aux premiers hurlements : « Pourtant le loup, lorsqu'il hurle, cherche à rassembler la meute. Il fait connaître sa position, il attend une réponse ! » D'autres au contraire n'y voyaient rien d'anormal et rétorquaient : « Si la meute ne répond pas c'est parce qu'elle est bel et bien auprès de lui ! »

Au fil du temps, tous tombèrent d'accord sur une chose : la voix muait, devenait de plus en plus grave. Jusqu'au cri déchirant, moitié homme, moitié loup, qui ne laissa aucune équivoque : non seulement l'enfant avait survécu et grandi dans la forêt, mais de plus, attendu qu'aucun loup ne répondait ces nuits-là, la meute était bien sous sa domination !

Treize années passèrent. treize années pendant lesquelles la peur grandit dans les esprits, sans que personne ne pût jamais s'habituer ou ignorer ce qui, dans la bouche de tous, était devenu *la chose*, puis *la créature*. Contre tous les avis, des chasseurs du clan, parmi les plus aguerris, tentèrent à plusieurs reprises de la trouver. Pas pour la tuer, ils craignaient trop la colère de Lupzeu, mais pour la capturer. Et savoir, enfin ! Mais ils se perdirent à chaque tentative. Ils affirmèrent à chaque retour que les Zânadragons resserraient les cimes des arbres pour leur cacher le ciel ; que les Entes obstruaient les passages entre les branches basses et semaient des embûches dans les hautes fougères ; même des torches ne suffirent jamais à leur frayer un chemin. Ainsi, isolés et privés de la clarté de la lune, ils ne revinrent à chaque fois, non sans difficulté, qu'au lever du soleil.

Dans le même temps, Alba, elle, retrouvait peu à peu la parole et semblait installer un ascendant, une autorité implicite pourtant de plus en plus prégnante sur son clan. Alors que la treizième année se terminait, elle annonça que le temps viendrait bientôt de libérer son fils, puis emprunta un langage inconnu dans lequel elle formulait des incantations tout aussi mystérieuses.

Dans les esprits, la surprise fit place à l'inquiétude, l'inquiétude à la peur ; au fil des semaines lui succéda la circonspection, puis le respect, et enfin la soumission : seule Alba détiendrait la solution. En peu de temps elle passa de recluse, solitaire – son mutisme paraissait éternel – à prêtresse inspiratrice du clan.

Très vite aussi, elle convainquit hommes et femmes d'un pouvoir de transfiguration : elle promit de ramener son fils à la vie d'homme au sein du clan. Qui d'autre ? Ne l'avait-elle pas mis au monde ?

Alba formula ses exigences : elle évoqua la prochaine pleine lune, le jour de l'équinoxe vernal, phénomène rare mais propice. Elle affirma avoir reçu un message de Steazeu, signe ostensible s'il en fut, de la tutelle des dieux : il la guiderait et pour la protéger des réactions de la meute, sept chasseurs des plus valeureux l'accompagneraient « Priver la meute de son chef, plaida-t-elle, la soumettre à ma volonté, même Lupzeu ne pourrait empêcher les loups d'attaquer, car c'est contraire à l'ordre naturel des choses ! »

La date fatidique approchait. Alba fit confectionner une tenue blanche que devrait revêtir son fils pour le retour au sein du clan et demanda que tous les chasseurs se vêtissent entièrement de blanc :

« Le blanc est symbole de pureté, mais aussi de nudité, ou encore d'absence. Se vêtir ainsi permettra d'invoquer au mieux l'énergie lunaire, mais aussi de purifier le corps de mon fils pour son retour parmi les hommes. »

La lune tant attendue arriva. À la nuit tombée, le clan regarda la petite troupe s'enfoncer dans la hêtraie, Alba en tête.

Cette nuit-là, pas un hurlement ne se fit entendre mais, pour sûr, le silence pesa encore plus lourd sur les consciences, habituées depuis tant d'années au rendez-vous des lugubres hurlements.

Endormi aux dernières heures de la nuit, le clan se réveilla pourtant dès les premiers rayons ; dans un même élan, tous se groupèrent devant la hutte d'Alba et attendirent. Peu de temps après, elle sortit, accompagnée d'un jeune homme vêtu des habits blancs, et déclara :

« Ainsi ai-je accompli la volonté de Lupzeu : sept âmes en échange de mon fils erreront chaque nuit durant sept lunes. Au terme des sept lunes, ils reviendront et sept nouvelles âmes les remplaceront. Ceci jusqu'à la fin des temps et sous la protection des loups. »

Une clameur confuse désapprouva la sentence. Beaucoup se demandaient si Alba n'était pas plutôt l'instigatrice d'un sortilège, au seul prétexte de la volonté du dieu. Sept âmes en échange du retour de son fils, sept âmes contre une seule ? quand bien même les chasseurs reviendraient au terme des sept lunes ! Pouvait-elle le prouver ?

Mais peu à peu les esprits se partagèrent : pour certains la méfiance et la colère firent place à la crainte – les pouvoirs de la prêtresse étaient indéniables – quand pour d'autres le respect et l'admiration prenaient le dessus. Alba n'avait-elle pas tenu parole jusqu'ici ? Le retour de son fils au sein du clan n'était-il pas la promesse du retour des autres ?

On décida donc d'attendre la septième lune. Durant cette période, les plus sceptiques et les proches des sept chasseurs battirent la forêt pour tenter de retrouver leur trace. En vain. Une seule chose se vérifia : chaque pleine lune faisait entendre beaucoup plus de hurlements qu'à l'accoutumé. De surcroît, leur timbre ressemblait étrangement à celui qu'ils connurent du fils d'Alba. Chaque lune donna ainsi un peu plus de raisons de croire la prêtresse.

Le retour eut enfin lieu et vit les sept chasseurs sains et saufs. Retrouvant peu à peu leurs esprits, tous affirmèrent que, s'ils demeuraient mortels, ils ressentaient tout au long de leur transe la saveur de l'éternité. Ni loups ni hommes, ils prétendirent avoir côtoyé le dieu, joui de sa bienveillante protection et de celle de la meute : soumise et obéissante, elle ne se tenait jamais loin.

Depuis ce jour, les esprits cessèrent tout à fait de s'échauffer. Le clan se préoccupa davantage de connaître ou de deviner qui – hommes et femmes – le dieu choisirait à la lune suivante. On s'étonna au début que seuls deux ou trois du clan d'Alba fussent absents, ou même parfois qu'aucun ne fût choisi. Il se vérifia vite que le dieu les prenait parmi les autres clans ; ainsi, très vite, les cinq retrouvèrent-ils l'unité qu'ils avaient toujours connue.

Les siècles ont passé. Cette peuplade, pacifique et respectueuse de l'essentiel, se dilua, comme d'autres, dans une humanité toujours plus hostile et délétère envers la nature. Le loup, nous le savons, fut parmi les premières espèces à subir la domination et l'intolérance de l'homme. Au mieux, mauvais garçon de nos fables, il fut diabolisé, chassé, parfois exterminé. Il est alors facile de comprendre que le lycanthrope, notre loup-garou, subît le même sort et qu'on transformât sa vraie nature en monstre des campagnes, mécréant prêtant allégeance au diable, digne du châtiment divin, et en bien d'autres légendes.

Son véritable dessein n'est-il pas de nous convaincre que l'homme et le loup peuvent et doivent cohabiter ? Et, au-delà, un message de la nature tout entière ?

Un conte parodique d'anticipation[1]

---

[1] NDLA : version quelque peu décadentiste d'un conte parmi les plus célèbres. Jean de Palacio disait que la parodie a porté un coup fatal au merveilleux.
« C'est pour renaître ailleurs qu'ici-bas on succombe. » (Victor Hugo – Un hymne harmonieux sort des feuilles du tremble)

Le petit chapeau rond rouge

Il sera une fois, en 2068, l'histoire d'une jeune femme qui osera créer, dans une société ultra-libérale et sans pitié pour les plus faibles, sa Très Petite Entreprise.

Ella Bobby sort tout heureuse de la banque : le directeur d'agence du Crédit à Bricoles, Bernard Pagon, conseiller spécial des TPE, vient de lui accorder le prêt qu'elle demandait pour créer sa propre chapellerie. Non pas une simple boutique de vente de chapeaux, de marques toutes déjà en place sur le marché, non ! Ella Bobby est créatrice, et veut créer son propre label ; c'est bien cette singularité qu'elle a plaidée dans la défense de son projet.

Elle court comme une dératée retrouver sa maman pour lui annoncer la nouvelle :

— Maman, maman ! ça y est, ça y est ! je l'ai eu, j'ai eu mon prêt !

— Chapeau, ma chérie ! Tu vas enfin pouvoir exercer ton art. Tu sais que tu as déjà une commande ?

— Pas possible ? Qui donc a pu anticiper ainsi la réponse du Crédit à Bricoles ?

– Ta mère-grand, ma chérie ! ta mère-grand[1] ! figure-toi que…

– Ba-ah-ah, oui-i-i-hi-hi ! interrompt Ella, pointillant son exclamation d'un rire nerveux, forcément quelqu'un de la famille, j'aurais dû m'en douter…

La mère ôte alors ses lunettes à réalité augmentée et les tend à sa fille :

– Regarde, j'ai enregistré la conversation. Pauvre mère-grand, elle est bien malade, elle ne se lève pratiquement plus…

Ella est ravie de la voir. On le remarque à son sourire : sa bouche et son menton dépassent du dispositif volumineux qui lui permet de voir sa mère-grand, grandeur nature, et d'entendre la conversation comme si elle y était : elle assiste en effet à la commande d'un petit chapeau rond, rouge ! Lorsqu'elle raccroche, Ella s'exclame, un soupçon de nostalgie dans le ton :

– Trop bien ! J'adore l'odeur de mère-grand !

Elle marque un temps d'arrêt, réfléchit puis, désappointée, déplore :

– Maman, si tu avais pris l'option 'toucher réaliste' j'aurais pu prendre son tour de tête. Avec son arthrose ce n'est pas elle qui pourra le faire, et je

---

[1] NDLA : à cette époque les adultes pratiqueront très couramment le verlan.

ne peux certainement pas compter sur les robots de l'ÉHPAD[1] !

La mère prend un air désolé, et hoche la tête, impuissante.

– Qu'à cela ne tienne ! Au début il faut bien faire avec les moyens du bord, conclut Ella, trop heureuse de la situation. Je pars à Lille demain prendre son tour de tête !

– À vélo électrique[2] ? s'inquiète la mère, tu sais que je ne veux pas que tu traverses la France, tu dois me promettre de prendre le périphérique,[3] et au départ de Narbonne !

Ella ne répond pas, elle sourit à sa mère et l'embrasse.

Le lendemain, les préparatifs vont bon train : Ella a pris son mètre souple, tous les échantillons de tissus rouge, une batterie de secours et un câble de recharge pour le vélo. Déjà inscrite en tant que vélo-entrepreneuse, elle pourra utiliser pour les frais de voyage le compte professionnel, ouvert au Crédit à

---

[1] ÉHPAD : Établissement Humanoïde pour Personnes Âgées Digitalisées

[2] À force de se voir réclamer des pistes cyclables, l'État et le Capital ont obligé tout le petit peuple à circuler exclusivement à vélo. Eux peuvent ainsi garder les derniers stocks de pétrole et les brûler tranquillement.

[3] En 2068 la France est entièrement construite : Narbonne et Lille sont donc des banlieues. Mais un périphérique longe les côtes et permet d'éviter la ville, ce qui rallonge considérablement les trajets, même si l'océan arrive à Limoges…

Bricoles la veille même. Elle y a transféré toutes ses économies en attendant qu'il soit crédité de son prêt.

Sa mère, elle, a préparé quelques victuailles pour mère-grand. Pas grand-chose – elle n'a pas eu beaucoup de temps –, une galette maison et un petit pot de beurre :

— Ça la changera des préparations déshydratées et des perfusions vitaminées, pense-t-elle, et les robots peuvent tartiner et prémâcher pour elle…

C'est le départ. Ella enfourche son vélo et part en direction du périphérique. Mais elle n'y fait que quelques kilomètres car pour elle il n'est pas question de rallonger le chemin. Elle est bien trop heureuse de traverser la France, une des plus belles villes du monde ! Après une large boucle sur la droite, elle se retrouve sur un itinéraire beaucoup plus direct.

Ça n'est pas pour braver l'autorité de sa mère, non ! mais Ella doit dès maintenant penser rentabilité ; productivité ; rationalité ; marge brute et marge nette ; ratios ; diagramme de Gantt ; méthode Pert ; ressources ; planification ; stock… Elle a entendu parler de ces vélo-entrepreneurs devenus, à force de travail et de gestion rigoureuse, auto-entrepreneurs ! Il se raconte même que certains roulent au gas-oil ! À vrai dire elle espère en rencontrer, et ainsi « prendre de la graine », comme lui conseillait, fort à propos, Bernard Pagon ; l'idée de rencontrer des pros lui est venue cette nuit, et ce n'est pas au bord de l'océan qu'elle aura cette chance…

Voilà cinq jours qu'elle pédale, à bonne allure certes, mais sans trop se presser non plus. Il ne faut pas qu'elle arrive trop vite, elle est censée passer par le périph. Elle s'arrête souvent, de préférence dans les quartiers un peu huppés, Valence, Lyon, Dijon… Elle y a vu de très beau modèles de chapeaux, mais Ella s'intéresse aussi à la mode, au prêt-à-porter, aux accessoires, à tout ce qui peut approcher de près ou de loin son métier de chapelière. Elle ne fait que peu de rencontres. À vrai dire elle ne s'attarde pas vraiment à cet aspect parce qu'elle sait que ceux qu'elle recherche habitent essentiellement dans le quartier-capitale : Paris ! Là, oui ! Là, elle sait ! Tous les cadors de l'auto-entrepreneuriat se concentrent là !

C'était donc vrai ! visiter le quartier-capitale est capital pour qui cherche un modèle auto-entrepreneurial. Ella ne sait où donner de la tête, et très vite elle s'enivre des odeurs de gaz d'échappement : quel plaisir de les suivre à la trace ! quelle facilité pour les repérer ! Dans chaque rue, chaque avenue, elle est sûre d'être comblée : ici un 4x4, là-bas un SUV, en face une camionnette, là une berline, un coupé… Il y a bien aussi des vélos électriques, mais Ella ne les voit pas, obnubilée par les moteurs atmosphériques qui vrombissent de droite et de gauche.

Mais très vite aussi, Ella déchante : on repère facilement les banlieusards ici, et dans ses tentatives d'approcher ces icônes du business qui la font tant rêver, elle n'essuie que dédain ou mépris ; au mieux quelques excuses polies. Elle comprend très vite que ceux-là sont bien trop occupés pour prendre garde à elle ; peut-être aussi la peur de régresser ? l'image du débutant rebute le parvenu rondouillard, bien qu'il ait souvent connu lui aussi les affres de l'entreprise nouvelle.

Après deux jours de tentatives infructueuses, au matin du troisième jour, Ella enfourche son vélo. Son état d'esprit va bien au-delà de la simple déception ! Elle inspire profondément quelques gaz matinaux, et décide d'aller visiter un monument du quartier. Elle ne sait pourquoi, elle choisit l'ancien périph, daté du XXe siècle, classé Infrastructure de France aux Monuments historiques ; elle est résignée à ne plus forcer son destin et au moins aura-t-elle un souvenir positif de sa visite ! Là, elle paye son entrée et donc le droit d'emprunter le tronçon restauré de 5 km ; on lui assure qu'à la sortie elle verra la direction Banlieues Nord - Lille / Dunkerque.

Quel plaisir ! Pour mieux le goûter, Ella déconnecte sa batterie et pédale à la force des mollets, zigzague entre les nids de poule et emprunte une à une les quatre files. Tout est bien dans son jus : les panneaux de signalisation, les marquages au sol à moitié effacés sur le bitume rapiécé, les feux orange fonctionnent et même un embouteillage est signalé… « Quelle époque ! » pense-t-elle, nostalgique.

Mais soudain, derrière elle, le bruit strident et croissant d'un moteur deux temps – elle en est sûre, elle en a entendu dans une vidéo du musée de Narbonne ! Elle n'a pas le temps de se retourner que voilà déjà l'engin qui la dépasse ! le souffle généré par le bolide a balayé ses mèches jusque devant ses yeux et elle n'a rien pu voir. Mais ce météore a freiné à 100 mètres et l'attend. Quand bien même elle en aurait l'idée, elle ne peut reculer. Elle décide de prendre un air détaché en arrivant à sa hauteur mais, parvenue à quelques mètres, l'engin – elle n'en a jamais vu de pareil – lui barre la route. Le conducteur casqué, avant même de se présenter, voyant à qui il a affaire – la mimique à la fois admirative et surprise d'Ella ne laisse aucun doute –, déballe d'emblée en montrant son engin :

– Motobécane vintage, vingtième siècle, seventies, authentifiée. La « bleue » comme ils l'appelaient à l'époque ! hin-hin-hin ! 50 cc, pot Regal Raptor Chopper à détente, guidon Big Horn – oui, j'ai voulu la monter confortable –, siège chopper biplace, à dosseret, custom quoi ! pour faire la route c'est quand même mieux, hin-hin-hin ! ... Peinture d'origine, bien sûr... Ça roule au mélange, fait maison par bibi, je rajoute un peu d'huile de ricin pour les performances... et l'odeur si particulière, hin-hin-hin !

– ... – Ella est ébahie.

– Pardon, je ne me suis pas présenté, dit le pilote en enlevant son casque allemand WW2 : Lou

Bard-Garou de Mer, pour vous servir ! Appelez-moi Lou…

– Fatchedeu ! la bécane, con ! ne peut se retenir d'expulser Ella avec un fort accent narbonnais, magnac ! ça doit pousser, non ?

– Pas mal, pas mal… acquiesce Lou, mais où vas-tu comme ça, jeune fille ?

L'homme s'efforce de sourire mais son allure n'est pas très engageante. Surtout lorsqu'il sourit d'ailleurs ! comment ne pas être frappée par ce prognathisme du maxillaire inférieur qui découvre des canines et des prémolaires puissantes ? Sa tenue de cuir noir, sa coiffure tout aussi noire, luisante, gominée sur les tempes, puis en forme d'énorme bigoudi mourant sur le front, tellement laqué que le casque ne l'a même pas aplati ! ses longs favoris et ses sourcils fournis assombrissent encore davantage le portrait. Non, son regard doucereux ne suffit pas à tempérer le sinistre visage, pas plus que les bagues gothiques en maillechort, sur des doigts tout poilus… Aussi Ella hésite-t-elle quelques secondes, mais trop contente d'échanger enfin avec un quidam motorisé, elle lâche :

– Je me rends à l'ÉHPAD de Lille, visiter ma grand-mère. Je lui apporte une galette et un petit pot de beurre. Et je vais aussi prendre son tour de tête, ajoute-t-elle toute fière avec un large sourire en papillotant des yeux, car elle m'a passé commande d'un chapeau…

— Un chapeau ? Tu confectionnes donc des chapeaux... heu... tu ne m'as pas dit ton nom...

— Oui, un petit chapeau rond, rouge ! Je suis vélo-entrepreneuse et je m'appelle Ella ! Ella Bobby, je n'ai pas encore de carte car je commence à peine, mais...

— Comme c'est intéressant ! Je suis moi-même entrepreneur, mais moby-entrepreneur, appuie Lou, tu comprends, j'ai déjà un peu de bouteille, c'est pour ça !

Ella cherche du regard sur son engin où se trouvent les bouteilles, mais elle ne voit rien. Puis sa méfiance reprend le dessus :

— Bon, il faut que j'y aille, dit-elle, ma mère-grand m'attend ! Ravie d'avoir pu échanger un peu avec vous !

— Mais ne t'en vas pas si vite, s'empresse Lou, laisse ton vélo sur le bord du périph et monte donc avec moi faire un tour, je te montrerai mon entreprise, je travaille en cuisine...

En prononçant ces derniers mots, Lou laisse presque échapper un filet de bave qu'il rattrape d'un prompt balayage de la langue. Ella n'est décidemment ni conquise, ni rassurée ; elle ne sait comment se sortir de cette situation. Elle se retourne instinctivement et aperçoit des gardiens à vélo qui approchent : ils exécutent, consciencieux, la ronde matinale règlementaire. Ella reste polie et, pleine d'à propos :

– Merci mais justement, voici les gardiens ! ils m'avaient promis de me mettre sur la bonne route, je vais donc les suivre ! Bonne journée !

Et Ella emboîte le sillon des deux cyclistes, heureuse d'avoir pu se départir de l'insistance de Lou, qu'elle laisse planté là. Plus loin, elle entend Lou arriver puis la dépasser à toute allure, esquissant, désinvolte, un signe de la main.

Ce qu'elle ignore c'est que Lou n'entend pas en rester là. Elle ne l'a pas vu prendre la bretelle Banlieues Nord – Lille / Dunkerque et pense être débarrassée de lui.

Le lendemain, avec un jour d'avance sur Ella, Lou se présente devant la porte de la chambre de mère-grand Bobby ; puisqu'elle donne directement sur la cour de l'établissement, il s'y rend à mobylette, moteur coupé. Facile à localiser puisque son nom est inscrit sur la porte : Madame Bobby. Il a garé sa Motobécane au plus près pour éviter que mère-grand ne la voie par la fenêtre. Il examine l'entrée et constate qu'elle est protégée par un digicode alphabétique de 54 touches et une caméra qu'il s'empresse d'occulter avec son malabar. Là commence son stratagème : il s'entraîne quelques secondes à prendre une voix d'enfant, la plus fluette possible, et sonne à la porte. Tout enjoué :

– Coucou, mère-grand ! c'est Ella Bobby !

– Oui-i-i-i, béguète mère-grand de l'intérieur. Ma-a ché-é-rie !

– Ne te dérange pas, mère-grand, donne-moi juste le digicode…

Mais à cet instant, une autre voix, métallique, se fait entendre : l'intelligence artificielle du système de surveillance a repéré la Motobécane avant que Lou n'obstrue l'optique de la caméra. La voix du robot ordonne :

– Vire ta mobylette, Ella Bobby !

Juste après, comme dans la même phrase, mère-grand donne le code à travers la porte :

– Netchéra !

Lou a comme un déjà-vu, ou plutôt un déjà-entendu :

« vire ta mobylette Ella Bobby netchéra » résonne dans son esprit comme un message de l'au-delà, imprécis, entre ancestral et prémonitoire, il ne sait pas bien. Mais Lou n'est pas du genre à s'attarder sur un simple sentiment : il compose *netchéra* sur le clavier, ouvre la porte, se rue sur mère-grand Bobby et l'avale en quelques secondes. Lui-même est surpris de sa performance ! Lorsqu'il prend sa place dans le fauteuil et chausse ses lunettes à réalité augmentée pour consulter les programmes, il avoue avoir toujours un petit creux. – Mère-grand n'est pas très consistante, se dit-il.

[Cette phase de l'histoire nécessite un aparté : en 2068, les chambres ne sont occupées que par un hologramme du pensionnaire, très évolué, certes, mais un hologramme quand même. En effet, le groupe Rokian, qui maîtrise 98 % du marché des maisons de retraite, vise depuis toujours, et avant tout, la rentabilité et une croissance éternelle. Aussi, depuis 3 ans, un nouveau protocole a été instauré : les personnes âgées sont digitalisées pendant quelques jours ce qui permet d'enregistrer l'essentiel de leurs comportements puis de générer un hologramme fidèle qui reproduira les plus intimes mimiques et manies du sujet. Les personnes sont ensuite cryogénisées, à moins 160° dans l'azote liquide. Les économies sont plus que substantielles : plus de personnel soignant, plus de frais médicaux, plus d'intendance, ménage mensualisé – juste faire un peu la poussière... les familles n'y voient que du feu. Sur le plan financier, les personnes âgées ne décédant plus officiellement, les pensions de retraite ne cessent pas davantage d'être versées. Une manne ! céleste diront les croyants...

Un bémol cependant : avec si peu de décès et dans un avenir proche, les fonds de pensions seront ruinés, et même Rackblock, le célèbre gestionnaire d'actifs, ne pourra rien faire. La crise financière sera telle qu'elle sera reconnue insoluble et définitive ; l'argent disparaîtra, laissant la place au bon vieux troc de biens ou de services (dès 2071).

Bref, tout ça pour justifier que Lou ait encore faim après avoir englouti mère-grand. Fin de l'aparté.]

21 heures : Lou est victime de crampes d'estomac, il a une faim de loup. Il ne veut surtout pas manquer l'arrivée d'Ella, aussi il ne quitterait la chambre pour rien au monde. La solution, c'est : dormir.

Entretemps, les humanoïdes sont intervenus pour virer la mobylette ; ces robots très évolués ne répètent jamais deux fois la même chose (ils sont programmés ainsi : injonction / action).

(Attention ! à partir de maintenant, l'action est très rapide, tout va se résoudre en moins de 5 minutes chrono !)

10 heures précises, le lendemain matin : Ella arrive chez mère-grand. Elle gare son vélo au plus près, sonne et réveille Lou. Elle lance à travers la porte :

– Mère-grand, c'est moi ! Ella Bobby, ta petite fille ! Ne bouge surtout pas, donne-moi juste le code, je ne m'en souviens plus depuis ma dernière visite…

10 h - 00 mn - 30 s : l'intelligence artificielle a déjà repéré le vélo, et la voix métallique ordonne :

– Vire ta bicyclette, Ella Bobby !

– Deux minutes, s'il vous plaît…

10 h 01 : dans la chambre, Lou, encore mal réveillé, ne se souvient plus du code. Il cherche désespérément dans sa mémoire, se passe un peigne dans les cheveux, s'affole, panique même, quand, il ne sait pourquoi, tout en vérifiant sa gomina, certains mots surgissent dans son esprit, une espèce de réminiscence, d'un autre âge. À tout hasard il les prononce.

Il est 10 h 02 :

– Tire la bobinette et la chevillette ? bredouille-t-il.

Ella tape ce code qu'elle trouve hyper sécure, mais :

– Non, mère-grand, ça ne marche pas...

10 h 03 : deux ombres glissent de bas en haut sur la porte : deux humanoïdes venus évacuer la bicyclette. Ella se retourne, sans surprise :

– Vous arrivez bien, s'exclame-t-elle, ma mère-grand ne se souvient plus du code...

Du tac-au-tac, les humanoïdes répondent en chœur *« netchéra »* alors que Lou, qui ignore leur intervention, et bien trop affamé pour chercher davantage, ouvre la porte.

Il est 10 h 04 : Lou se jette sur Ella !

Pauvre Lou ! Il prend cher...

Rompus aux exercices de maintien de l'ordre, les humanoïdes ont tôt fait de le maîtriser, face contre terre, et de lui passer des menottes ! Constatant l'absence de l'hologramme de mère-grand, ils profitent de l'état de choc de Ella pour palier à ce bug. En trois secondes, ils accèdent à la sauvegarde de mère-grand – il en existe une pour chaque pensionnaire – et la restaurent. Quand Ella reprend ses esprits, elle court embrasser mère-grand :

– Mère-grand ! Que j'ai eu peur !

– Mai-ais de-e quoi, ma-a-a chérie ? chevrote mère-grand.

Ella comprend très bien que l'aïeule ne se souvienne de rien, compte tenu de son grand âge :

– De rien, mère-grand, de rien…

10 h 08 : un des deux humanoïdes, resté là, tartine et prémâche de la galette pour mère-grand.

❧

Le groupe Rokian, déjà critiqué depuis des décennies – de tous temps, la réussite a fait des jaloux – pour éviter le scandale, fera cryogéniser Lou et offrira la Motobécane à Ella, en échange de son silence.

Après un aller-retour Lille-Narbonne-Lille, pas peu fière de son travail, Ella livrera le petit chapeau rond rouge à mère-grand, ravie.

Par sécurité, elle fera changer le code, qu'elle trouve d'un autre âge et difficile à retenir. Le nouveau sésame sera donc : Louyétu. (Ndla : vous aviez déjà compris, avec le code précédent, qu'en 2068 l'orthographe est totalement libre).

Notes